KB037546

[#]서정 노트

내 인생의 # 해시 태그

서정
노트

문서정
글·사진

팬덤북스

프롤로그 혹은

_____

에필로그가 될

'서정 노트'

네이버 연재를 기획할 무렵 생각했던 많은 제목들 중 하나이다. 촌스럽다, 유치하다는 이야기도 있었지만 내 마음을 온전히 담을 수 있는 정겨운 제목이 아닐까 생각했다. 우리 주변에서 일어나는 소소하고 평범한 이야기라는 주제를 잡으니 자연스레 일기장이 떠올랐고, 함축적 의미가 담긴 '서정'이라는 단어와 나의 이름이 묘하게 맞아떨어졌다. 그렇게 두 가지를 합쳐 제목을

정했다. 서툴게 시작한 연재는 나의 많은 부분을 바꿔 놓았다.

소재의 갈증이 찾아올 때면 노트를 펴고 소중한 것들을 적어 나갔다. '인생에서 한 장의 사진을 남길 수 있다면 나는 어떤 사진을 찍을까', 또 '그것을 어떻게 표현할까'를 고민하다 보면 불현듯 소재가 떠올랐다. 이제서야 연재를 위해 시작했던 이 고민이 나에게 성숙의 기회를 주었음을 깨닫는다.

나는 글을 잘 쓰기보다는 좋아하는 사람이라 말하고 싶다. 엄마의 말씀처럼 눈이 아닌 마음으로 대상을 바라보는 일이 내가 할 수 있는 전부이다. 돌연 2년의 휴학을 결정하고 온전히 나에게 주어진 시간 동안, 손이 찾는 책들을 읽었다. 아무것도 하기 싫은 날에는 좋아하는 노래를 방 안에 가득 채우고 글을 쓰며 밤을 지새웠다. 그러던 중 '서정 노트'를 책으로 만들어 보자는 제안을 받게 되었고, 그 순간을 나는 평생 잊지 못할 것이다.

그립고 뭉클했던 기억을 더듬어 가며 채운 일기장을 세상에 내놓고 조금씩 손때가 묻어났다. 행복했다. 나의 일기장을 누군가

읽고 함께한다는 기분을 무어라 표현해야 할지 모르겠다. 사람들은 사랑의 아픈 기억부터 그것을 견뎌 낸 순간들, 새로운 사랑을 시작하는 모습까지 솔직하게 보여 주며 위로했다. 그늘진 구석에서 찾아낸 상처를 꺼냈을 때, 그것이 상처가 아니라 사랑임을 알게 되었을 때, 나는 온몸이 뜨거워지는 위로를 받았다.

스물 셋의 서정은 잠시 반짝였다. 좋아하는 일을 하고, 사랑하는 것들 속에서 지낸 시간을 솔직하게 담아낼 수 있는 기회를 얻었기 때문이다. 반년에 걸쳐 돌아보고 또 돌아봤던 긴 에세이가 어느덧 막바지를 향해 가고 있다. 생각만 해도 쓰라리던 사랑, 부끄러울 만큼 뜨거웠던 사랑. 그 속에서 온전히 사랑받고, 사랑을 주며 지냈던 시간들을 떠올려 보았다. 이 노트에는 나를 찾고, 나만의 가치를 만들어 갔던 그 순간의 기록이 담겨 있다. 수많은 에피소드를 쓰며 다시금 상처를 드러내야 할 때도 있었지만, 지금의 나는 비로소 어떤 질문에도 사랑이라는 답을 할 수 있게 되었다.

20대가 경험한 이 흔한 사랑 이야기가 누군가에게는 어설프게 혹 누군가에게는 진하게 다가갈 수도 있다. 그러나 이 경험이 내일의 나에게는 다시 돌아오지 않을 순간이기에 지금 써 내려가는 이 글이 무척 소중하다.

언제나 그렇듯 우리의 마음을 데워 주는 것은 세상을 떠도는 별것 아닌 위로와 우연과 같은 뜻밖의 것들이다. 부족하지만 내가 했던 경험을 나누고 싶어 몇 개의 단어들로 잠시 발을 묶어 두었다. 누군가 이 노트를 읽고 한 구절 혹은 한 단어라도 아끼는 노트에 적어 놓고 싶은 마음이 든다면 나는 더 바랄 것이 없겠다.

누군가 앞으로에 대해 묻는다면 '아직은 어떨지 모르겠지만, 아마 사랑을 하고 있지 않을까'라고 용감하게 덧붙이고 싶다. 지금도, 앞으로도.

더 사랑하자. 만약 사랑할 때가 있다면 지금이다.

2015년
하얀 입김이 나오기 시작한 계절에
서정으로부터

#밤에 쓰는
편지

#낮에 쓰는
일기

#밤에 쓰는 편지

\# 아빠

\# 소주

소주보다 맥주가 더 좋다는 아빠.

아빠의 생김새뿐 아니라 그런 식성까지 꼭 닮은 나.

성인이 된 딸과 허심탄회하게 맥주 한잔하고 싶다며

머리를 쓰다듬어 주시던 아빠.

나는 그날 아빠의 웃음소리와 볼에 닿던 따가운 수염이

어린아이처럼 마냥 좋았습니다.

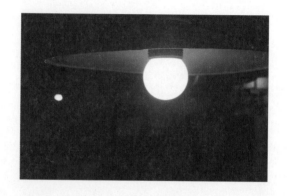

우리 아빠, 나의 아빠는 얼마나 쓴 눈물을 담아
목구멍으로 삼키셨을까

성인이 되던 해, 아빠와 술잔을 기울이는 모습을 상상해 본 나는
그날 뜻밖의 모습을 보게 되었습니다.
'이렇게 어린 딸이었구나, 미안하다. 이제야 성인이 되는구나'
하시며 몰래 눈물을 훔치시던 아빠의 작은 어깨.
불 꺼진 부엌에서 혼자 술잔을 기울이시던 뒷모습을 본 그날
나도 모르게 마음이 덜컥, 코끝이 찡해졌습니다.

아버지의 술잔에는 보이지 않는 눈물이 절반이라는데
우리 아빠, 나의 아빠는 얼마나 쓴 눈물을 담아 목구멍으로 삼
키셨을까.
점점 작아지는 아빠의 어깨를 보며 점점 무거워지는
'나'라는 무게가 원망스러웠습니다.

팍팍한 세상, 나름 치열하게 살아가고 있다고 투덜대기만 했
는데, 그런 못난 딸에게 '힘들었구나, 괜찮다, 다 괜찮다'하시며
어깨를 토닥여 주시던 아빠.
언젠가 텅 빈 자취방에 오셔서 고지서 봉투 위에
연필로 쓴 몇 마디의 응원과 용돈을 두고 가신 아빠.

그런 아빠의 손길이 닿은 봉투를 잡으니 눈물이 왈칵 쏟아졌습니다.

어쩌면 그동안 아빠가 삼켜야 했던 쓴 눈물은
내가 아니었을지 반성하게 되었습니다.
고된 하루 끝에 먹는 시원한 맥주 한 캔을
누구보다 좋아하던 아빠.
그런 아빠가 삼켜야 했던 쓰디쓴 소주를 이제 같이 마실 수 있
을 만큼 아빠의 작은 딸이 많이 자랐다고,
이제 조금은 아빠의 마음을 알 것 같다고 말하고 싶었습니다.

'소주만큼 쓰디쓴 세상에서
부디 너희만큼은 아름답게 살길 바란다'
'예쁜 것만, 좋은 것만 보거라'
미소 지으며 하시던 그 말씀, 지금도 잊지 않았어요.

'살 서', '곧을 정'
'곧게 살라'는 소박한 의미의 정직한 이름을 지어 주신 아빠.

그 이름을 누구보다 사랑스럽고 자랑스럽게 불러 주었을
나의 아빠에게 오늘은 짧은 편지 한 통 써 보려 합니다.

'그 누구보다 사랑해요, 아빠.'

골뱅이

_____

암호

그런 날이 있다.

술을 좋아하지 않아 술자리라면 어떻게든 피하던 내가

술 한잔하고 싶은 날.

딱히 술이 그립다기보다는

그냥 함께 잔을 부딪쳐 줄 따뜻한 누군가가 필요한 날.

그날이 내게는 그랬다.

안주로 골뱅이를 시키고 앉아 오래 알고 지낸 친구에게
전화를 걸었다. 술 한잔하지 않겠느냐고.
평소 이런 부탁을 잘하지 않던 나였기에
흔쾌히 나오겠다는 대답을 들었다.
우리는 서로 마주 보고 앉아 말없이 잔만 부딪쳤다.
그러다 어두워진 나의 표정을 읽고 친구가 먼저 입을 열었다.
"그냥…… 뭐…….."
목구멍을 간질이던 그 말은 끝내 입 밖을 나오지 못했다.
말해도 변하는 것은 없고
결국은 혼자서 해결해야 할 일이라고 단정 지었으니까.

"나는 너 이럴 때 조금 어렵더라."
긴 침묵 끝에 친구는 쓴 웃음과 함께 다시 입을 열었다.
힘든 일도, 기쁜 일도 잘 나누지 않으려는 모습이
안타까우면서도 조금은 멀게 느껴진다고 했다.

나라고 이런 나를 몰랐을까.
모르지 않았다.

아니, 알고 있었다.

알고 있었지만,

내가 세워 둔 벽에 친구가 이토록 세게 부딪혔을 줄은

미처 알지 못했다.

사무치게 외롭던 날,

한숨에 힘들다는 말이 섞여 나오던 날,

우리는 쓰디쓴 술잔과 쓴웃음을 동시에 삼켰다.

친구는 마지막까지도 벽을 부수려 들지 않았다.

나 스스로 문을 열고 나오기를 바라는 것 같았다.

쓰디쓴 이야기도 소박한 안주 하나에 꿀떡 넘길 수 있던 날,

그날은 지금 내게 그렇게 기억되고 있다.

그날 친구를 기다리며 시켰던 골뱅이는

이제 내게 특별한 안주가 되었고

우리들 사이에서는 보고 싶다는 말을 대신하는 암호가 되었다.

흔한 말은 흔하게 잊히고

항상 있는 것은 당연하게 여겨진다.

친구도 그렇다.

남들 눈에 모자란 행동을 기꺼이 함께 즐겨 주고

누구보다 믿을 수 있는 존재임을 나는 잠시 잊고 있었다.

노오란 단풍나무 아래에서 나뭇잎을 던지며 사진을 찍고

가위바위보로 가방을 몰아주고

생일날이면 집 앞에 찾아와 엉터리 노래를 불러 주던,

철없이 행복하던 순간이 우리에게도 있었다.

잊지 않기로 하자.

별거 아닌 단어

별거 아닌 순간도

잊지 않고 기억한다면

매 순간 숨을 쉰다.

그렇게 우리는 함께였다.

흔한 말을 흔하게 잊히고
항상 있는 것을
당연하게 여겨진다

tag

엄마

_____

냄새

엄마에게만 나는 냄새가 있다.

엄마의 가슴팍에 푹 안겼을 때 은은하게 퍼지는 냄새.

매콤한 김치찌개 같기도 하고

뜨끈한 두부 냄새 같기도 한 고소한 냄새.

나를 노곤하게 만드는 냄새.

흔들리는 나를 변함없이 토닥이는 냄새.

그렇게 그리운 냄새가 있다.

우리 엄마 냄새.

엄마 곁을 떠나 혼자 살게 되고 나서부터
나는 매일 배가 고팠고, 마음은 더 고팠다.
엄마가 해 주던 계란 프라이가 너무도 먹고 싶던 날.
'뭐 별거 있겠어'하고 냉장고에 있던 계란 두 개를 깨서
소금을 척척 뿌렸다.
가장자리에 기름을 두르니 고소한 냄새가 올라왔다.
그 냄새를 맡으니 '엄마 보고 싶다'는 말이
나도 모르게 절로 새어 나왔다.
그날따라 유난히 엄마 냄새, 엄마의 요리가 그리웠다.

남들은 미처 다 헤아리지 못하는
타지 생활의 서러움과 외로움을
주머니에 구겨 넣고 집에 내려가던 날,
먹고 싶은 것 없느냐는 엄마의 말에
계란 프라이가 생각났다.
엄마는 나지막이 웃으시더니 알겠으니 조심히 오라고 하셨다.

수화기 너머 들리는 엄마의 목소리조차 어찌나 그립던지.

집으로 달려가 입속에 넣은 엄마의 요리는 기억 속 그대로였다.

따뜻했고, 부드러웠고, 맛있었다.

비법을 물으니 그냥 소금 좀 쳐서 먹으면 된다고

싱겁게 말씀하셨다.

그날 엄마의 미소를 보며 알았다.

사람들이 외로울 때 집 밥과 엄마 손맛을 찾는 이유를.

엄마가 그립다는 것은, 집 밥이 그립다는 것은

'나 지금 많이 힘들다'는 뜻이다.

어디에도 기대지 않고 감춰 보려 버둥거리다

도저히 안 되겠어서 우리 엄마 냄새 한번 맡으러 가는 거다.

그러면 힘이 좀 나니까.

무엇이든 이겨내 볼 만하니까.

힘들 때 맡는 우리 엄마 냄새

비법 없는 우리 엄마 계란 프라이가

내게는 큰 힘이 된다.

아, 우리 엄마 조금만 천천히 늙으셨으면……

아, 우리 엄마 언제든 내가 찾아갈 수 있게

그저 그 자리에 계셨으면……

정말이지 그랬으면 참 좋겠다.

tag

서울

처음

열아홉,

대학교 면접을 보러 서울에 왔을 때

태어나 처음으로 지하철을 타 보았다.

그리고 스물,

꿈에 그리던 대학의 합격 통지서를 받고 상경했다.

그렇게 서울에 내 집이 생겼다.

서울 냄새, 서울 풍경, 서울 사람들······
서울의 모든 것이 내게는 다 처음이었다.
서울에서 나고 자란 친구들도 처음이었고
번호가 있는 버스도 처음이었다.
내가 살던 고향은 서울에서 2시간 떨어진
멀지도 가깝지도 않은 곳이었지만
서울에 흔하게 있는 것들이 흔하지 않은 곳이었다.

골목마다 있는 흔한 편의점도 없었고
거리마다 보이는 화려한 네온사인도 없었다.
대신 할아버지가 그린 간판이 걸린 영화관이 있었다.
버스에는 번호나 노선도 대신 동네 이름표가 붙어 있었고
자주 보는 기사님과 주고받는 인사가 정겨운 곳이었다.
그곳에서 나고 자란 나는 백화점 푸드 코트보다
오일장의 기름 냄새에 익숙했고
초인종 소리보다 문 두드리는 소리가 익숙했다.

서울의 새로운 것을 보고 듣고 경험하며 신기해 한 것은

이방인이라서 외로운 것이 아니다. 그저 나의 자리를 찾지 못했을 뿐이었다

더도 말고 덜도 말고 딱 한 달이었다.
그 뒤로는 말 못 할 그리움과 서러움에 목이 메어
매일 밤 집 옥상에 올라 소리 죽여 울었다.

이불조차 식어 있는 방문을 여는 일은 항상 망설여졌다.
시끌벅적한 신입생 생활에 외로울 틈이 없었는데도
문틈으로 들어오는 적막과 고요함에 어깨가 시렸다.
나를 어렵게 하는 것은 외딴곳에 혼자라는 사실만이 아니었다.
친구들이 매고 오는 세련된 가방 앞에서
발품 팔아 산 만 원짜리 가죽 가방이 초라해 보일 때도 있었다.
여전히 촌스럽다는 자격지심에 엄마에게 전화를 걸어
울며불며 투정을 부린 날도 있었다.

처음 하는 경험에 마음에 멍이 들던 시절
하루 빨리 벗어나고 싶던 시골이 사무치게 그립던 시절
모든 것이 처음이었기에 겁도 나고 떨리기도 하던 시절
그렇게 서울 생활의 시작은 기쁨이자 상처였고
낯섦이자 익숙함이 되어 가고 있었다.

시간이 지나고 보니

'아무리 낯설어도 다 사람 사는 곳이다'라는 말이 맞았다.

이방인이라서 외로운 것이 아니다.

그저 나의 자리를 찾지 못했을 뿐이다.

그곳이 어디든지 나답게

내 자리를 찾아가면 된다는 것을

나는 서툰 '서울살이'를 통해 조금씩 알아 갔다.

그래, 다 사람 사는 곳이다.

다 사람 사는 곳이었다.

함께 외로우니 됐다.

같은 하늘이라는 것, 그거면 됐다.

tag

새벽

취미

혼자인 새벽이 좋다.

어디서 오는지 모를 이 차가운 바람이 좋다.

그렇게 오늘 새벽에도 나는 쉽게 잠들지 못한다.

잠깐이나마 세상이 멈춘 듯한 이 시간을

홀로 누리고 싶어서 일지도 모르겠다.

종일 바빴던 도로의 불빛들도 조용한 시간,

그 시간에 나는 무언가를 적고, 만들고, 쳐다보곤 한다.
피곤하다는 핑계로 그동안 미루어 왔던 다이어리를 펴고
의미가 있든 없든 그날의 일과를 쭉 적어 내려간다.

-비가 변덕을 부리던 날씨

-영화 〈쇼생크 탈출〉을 봤음

-저녁이 얹혔는지 배가 아프지만 입속엔 과일이 들어 있음

오늘이 지나면 언제 다시 펼쳐 볼지 모를 다이어리지만
'작년 오늘에는 이런 일이 있었구나'하고
나에게 소소한 웃음을 주지 않을까 하며 적어 내려간다.
오늘 새벽, 나의 취미는 '내년 치 웃음 적립'이다.

집안 곳곳을 뒤적이다 보니 색색의 실뭉치가 나왔다.
실을 보니 언젠가 인터넷에서 봤던 소원 팔찌가 생각났다.
접어 두었던 다이어리를 펴서 가장 가까운 생일을 찾고
마침 반가운 이름이 보여 실을 엮어 보기로 했다.
색색의 실을 엮어 소원 들어주는 팔찌를 서툴게 만들고 나니
내가 만들었지만 '참 못났다' 싶어 피식 웃음이 난다.
누군가의 소원을 이루어 줄 팔찌이기에 정성껏 포장도 해 둔다.

잠 못 드는 새벽에 불어오는
외롭고 차가운 바람은
익숙해지면 어느새 온기를 안고 떠나간다

그날 새벽, 나의 취미는 누군가의 '소원에 힘 보태기'이다.

그래도 잠이 오지 않을 때는 아껴 두었던 앨범을 꺼낸다.
두발자전거를 처음 배우던 날
할아버지와 유원지에 놀러 갔던 날
아빠와 계곡에서 돌탑을 쌓던 날.
그렇게 사진을 보고 있으면
보고 싶은 사람들도 많아지고
돌아가고 싶은 순간들도 많아진다.
우리 엄마, 우리 아빠 젊은 시절
앞니가 빠진 채 웃고 있는 나의 철부지 시절
우리 언니 아프지 않던 시절
내 동생이 태어나던 그 시절로,
돌아가고 싶어진다.
새벽은 나를 끊임없이 어디론가 데려간다.
그리고는 속삭인다.
잘 왔다고, 지금까지 충분히 잘해 왔다고.
그런 날 나의 취미는 '위로받고 위로하기'다.

잠이 오지 않을 때면,

나는 허기진 마음을 채우러 무언가를 찾아다녔고

새벽은 그런 나에게 늘 무언가를 하나씩 가져다주었다.

잠 못 드는 새벽에 불어오는 외롭고 차가운 바람은

익숙해지면 어느새 온기를 안고 떠나간다.

캄캄해진 창밖,

나에게만 들리는 새벽의 소리가 좋다.

나를 재우지 않아도 좋다.

나를 눈물 나게 해도 좋다.

혼자 있을 때 찾아오는

새벽이라는 바람이

나는 좋다.

\# 썰물

\# 바다

바람이 불었다.

나는 비틀거렸고

함께 걸어주는 이가 그리웠다.

이정하, 〈바람 속을 걷는 법〉 중에서

바다에 갔다.

딱히 네가 보고 싶었다기보다는

너와 나도 그랬던 걸까

딱히 네가 그리웠다기보다는.

도착한 바다는 마침 썰물 때였다.
신발을 한쪽에 가지런히 벗어 놓고
물이 빠지는 길을 따라나섰다.
끝이 없는 해안선에 발을 걸치고 담갔다 빼기를 반복한다.
그렇게 한참을 쫓았을까.
뒤를 돌았더니 신발은 이미 저 멀리에 놓여 있었다.
계속 물을 따라가다가는 벗어 놓은 신발을 잃어버릴 것 같아
신발이 있던 곳으로 돌아가니 물은 이미 저만치 멀어져 있었다.
순간 마음이 먹먹했다.

너와 나도 그랬던 걸까.
내 것을 챙기러 간 사이에
너는 잡지 못할 내 뒷모습만 보며 멀어져 갔던 걸까.
이렇게도 찰나에.

오늘 바다에 왔다.

바다가 참 아름답다.
보고싶다, 너.

딱히 네가 보고 싶어서라기보다는
딱히 네가 그리워서라기보다는,
그냥 그곳에라도 너를 두고 오고 싶어서.

내 마음을 맡겨 둔 이 바다에 언젠가 네가 오지 않을까 해서
이 바다가 내 마음을 너에게 전해 주지 않을까 해서
그래서 그냥 바다에 왔다.

후회한다고, 미안하다고 소리 내 말이라도 해 보고 싶어서
네가 나를 필요로 했던 순간으로 다시 발걸음 해 보고 싶어서
그렇게 너라는 썰물을 기다려 보고 싶어서.
그래서,
그냥,
바다에 왔다.

달

외로움

언제부터인가 혼자 집에 오는 길이 익숙해졌다.

외롭다거나 고독하다거나 하는 생각을 할 겨를조차 없었다.

어느 순간부터인가 그것이 그냥 당연해졌다.

11시가 훌쩍 넘은 밤,

가로등이 꺼진 길은 언제나 으슥했다.

풀벌레 소리, 바람 소리조차도 반갑지 않던 날

묵묵히 나의 뒤를 따르는 작은 빛이 있었다.

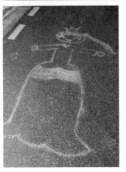

외로움은 외로움을 알아본다

까만 밤, 의지할 곳을 찾아 두리번거리던 나를
소리 없이 비춰 주던 동그란 알전구.
그 빛은 내 발에 실을 매어 놓은 듯이
한 걸음 가면, 반걸음씩 나를 쫓았다.
까만 밤하늘에 무수한 별과 손에 손을 잡고
나에게 줄 하나 내주던 친구,
그 빛은 바로 달이었다.

외롭지도, 고독하지도 않다던 나는
그 손을 잡고서야 내가 많이 외롭고 고독했음을 알았다.

달은 늘 말이 없었다.
그저 곁에 소리 없이 다가와 손에 단단한 줄 하나 쥐어 주고는
말없이 걸어 주었다.
같이 걸어 줄 누군가가 있다는 것은
손잡아 줄 누군가가 곁에 있다는 것은
이렇게나 행복한 일이었구나.

외로움은 외로움을 알아본다.

그래서 달은 내게 말이 없었다.

나에게 다가와 먼저 손을 내밀 뿐이었다.

내가 그랬듯 그도 처음에는 외롭거나 고독하지 않았겠지.

하지만 우리는 알아 버렸다.

이제 서로가 곁에 없으면 외롭고 고독해진다는 것을.

우리는 손을 놓지 않았다.

그리고 까만 밤을 향해 하염없이 걸었다.

나는 알았다. 달이 나를 사랑하고 있음을.

그리고 나도 달을 사랑하고 있음을.

\# 눈

\# 고요

그 해 겨울은 나에게 모든 것이 박했다.
사랑도 앗아 갔고, 바람도 차가웠다.
그렇게 유난히 매서운 겨울이었다.

그 사람과 처음 만난 날도 12월이었다.
입김이 나왔고, 지붕엔 얼음이 얼었고, 눈이 내렸다.
그때가 생각나서 적당한 추위가 좋았고

겨울에 취하는 술이 좋았다.

그 사람 생각이 한 움큼씩 쥐어질 때는 겨울을 탓했다.

눈이 와서 그렇다고

입김이 나와 그런 거라고

그럴듯한 변명을 해 댔다.

그래서 나는 따뜻한 곳으로 떠나기로 했다.

그가 더 넘어오기 전에

겨울이 없는 곳으로 도망가기로 했다.

낯선 잠자리에 일찍 잠이 깨어 창문을 여니 풍경 소리가 들렸다.

바람이 세차게 불었고, 그 탓에 종소리가 요란했다.

밖으로는 뭉게뭉게 피어 있는 꽃송이들이 보였다.

'다행이다. 이곳에서는 겨울과 마주치지 않겠지.

그러면 네 생각도 나지 않겠지'

그래서 떠났다. 가능한 아주 멀리.

네 생각이 감히 넘어올 수 없는 곳으로

나조차도 어딘지 모르는 곳으로.

계절을 피했어도

차마 너를 피할 수는 없었나 보다

무엇에라도 집중하지 않으면 창문을 타고
생각이 넘어 들어올 것 같아 얼른 창을 닫고 탁자에 앉았다.
그리고 좋아하는 노래를 크게 틀었다.
그를 만나러 가는 버스 안에서 곧잘 듣던 노래인 것이
마음에 걸렸지만 오늘만큼은 괜찮았다.
음악이 방 안을 가득 채웠다.

기분 좋은 느낌이 들어 무심코 창밖으로 시선을 옮겼는데
눈이 내리고 있었다.
순간 진공처럼 모든 것이 고요했다.
바람이 불었고
나무가 흔들렸고
겨우 달려 있던 약한 꽃송이들이 눈처럼 공중에 흩어졌다.
겨울을 피해 온 보람도 없이 나는 무너졌다.
계절은 피했어도 차마 너를 피할 수는 없었나 보다.
눈처럼 내리는 꽃송이를 본 순간
내가 있는 이곳에도 겨울이 왔다.
겨울이라 그렇다는 변명도 이제 할 수가 없어졌다.

바람이 내는 풍경 소리가 들린다.
내가 떠나온 이곳은 바람이 많이 분다.
밖은 이런저런 소리로 복잡하고 시끄러운데
이곳은 나에게 너무도 고요하다.
그러고 보면 네가 없는 곳에서 나의 마음은
언제나 고요했다.

내 머릿속에는 그저 이 생각뿐이다.
눈이 내린다.
네가 보고 싶다.

고백

있잖아

"있잖아, 여기 앉아 봐. 내가 이야기 하나 들려줄게."

오늘 지하철을 타고 집에 가는데

깔끔하게 차려입으신 할아버지 한 분을 봤어.

긴장한 모습으로 옷매무새를 다듬는 할아버지 곁에는

예쁜 꽃바구니도 있었어.

꽃이 예뻐서 힐끗 봤는데 분홍색 리본도 묶여 있더라고.

'누구를 위해 사셨을지'

'리본에 적을 문구를 위해 얼마나 많은 고민을 하셨을지'

그런 생각을 하니까 할아버지 모습이 정말 멋진 거야.

다리와 팔은 세월이 흘러 앙상해졌지만

두 분의 사랑만큼은 세월도 어쩌지 못했다는 생각이 들었어.

그런데 생각하다 보니까 이상하게 네가 떠오르는 거야.

너도 나한테 달려오면 좋겠다고 말이야.

있잖아,

내가 영화 한 편을 봤는데 그 영화 속 주인공에게는

시간과 공간을 접어 달리는 초능력이 있더라.

그런 초능력이 나에게도 생기면 얼마나 좋을까.

그러면 우리가 만나기로 한 전날 밤

이렇게 오래도록 잠 못 들지 않아도 되잖아.

눈을 뜨면 네가 웃으며 내 앞에 서 있을 거잖아.

사랑은 그렇게 시간과 공간을 초월하나 봐.

눈을 뜨면 네가 웃으며 내 앞에 서 있을 거잖아

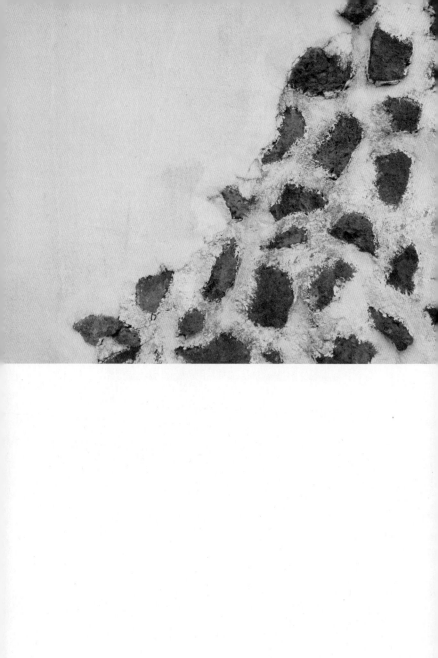

그날 할아버지의 모습을 보는데
하얗게 센 머리카락도, 굽은 등도 보이지 않았어.
그냥 내 눈에는 사랑하는 연인을 위해 손수 고른 꽃을 든
청년처럼 보였어.

사실은 요즘 잠이 잘 안 와.
잠이 오는 것 같다가도 너와 했던 이야기를 곱씹어 보면
나도 모르게 꼬리의 꼬리를 물고 자꾸 네 생각이 나.

사실, 이 말이 하고 싶어서 네게 자꾸 말을 걸었어.
오늘은 꼭 용기를 내야겠어

"너를 사랑해.
내가 너를 많이 좋아하는 것 같아."

전화

용기

늦은 밤 친구에게 전화 한 통이 걸려 왔어요.
잠이 들락 말락 하던 참이라 눈을 비비며 받았는데
받자마자 친구의 표정이 보이는 거 있죠.
입이 귀에 걸렸다는 말이 실감 날 정도로
싱글벙글 웃고 있지 뭐예요.
나까지 괜히 웃음이 나서 무슨 일이냐고 물었더니
그 사람이 전화로 노래를 불러 주었대요.

좀 전까지 통화했는데
이대로 수화기를 놓기가 아쉬워 전화를 걸었대요.
조금 질투가 나면서도 부러운 이 기분.
사랑이라는 거,
이렇게 수화기 너머로까지 전해지는 거였던가요?

한쪽 볼에만 있는 보조개가 미워 보였는데
웃을 때마다 들어가는 그 보조개를 뚫어져라 쳐다보더니
예쁘다고 해 줬대요.
똑똑 쏘는 말투가 쌀쌀맞을까 내숭을 떨어 볼까 했는데
한마디, 한마디 다정스럽게 받아 준다네요.

못났다고 생각하던 모습이 하루아침에 달라 보이고
말소리만으로 주변을 따뜻하게 만들어 주는 사랑,
참 좋아 보여요.

누구와 만나고
무엇에 마음이 뜨거워지고

어떻게 사랑에 빠지는지,
그것들이 얼마나 빛나는 일인지 알게 하네요.

누군가 나에게 그랬어요.
사랑은 시작하는 용기라고.
재고 따지면서 사랑의 시작을 겁내는 것이
가장 바보 같은 일이라고.
그래서 오늘은 저도 용기 내 보려고요.
이 통화가 끝나면 사랑은 용기라고 말해 줬던
그 사람에게 전화해 볼래요.

그 사람도 내 전화를 기다리고 있을까요?

tag

장미
_____
가시

오늘은 발걸음이 어제보다 더 무거워 보이네.

얼마 전 통화에서도 다 그만두고 싶다더니

문자에서도 너의 한숨 섞인 목소리가 들리는 것 같아.

뭐가 그렇게 너를 어렵게 했을까.

안타까운 마음에 너를 찾아가도 타들어 가는 뒷모습에

쉽게 토닥일 수도 없었어.

가시가 돋아 있는 너는

한껏 피어날 아름다운 장미일 테니

친구야, 한번쯤 다 놓고 울어도 돼.

한번이 뭐야. 울고 싶으면 언제든지 가슴 치면서 울어 봐.

얼굴이 망가지고, 콧물이 나고, 목이 쉬어도 괜찮아.

세상이 캄캄해져도 내가 너를 찾아갈 테니 걱정 마.

너의 뒤에 언제나 내가 있잖아.

눈먼 손으로

나의 삶을 만져보았네

그건 가시투성이였어

가시투성이 삶의 온몸을 만지며

나는 미소 지었지

이토록 가시가 많으니

곧 장미꽃이 피겠구나 라고

김승희, 〈장미와 가시〉 중에서

나의 오랜 친구야.

때로는 한없이 예민하게 굴고

의도치 않게 상처를 주기도 하지만

그만큼 너의 상처가 많다는 것을 알아.

그런 너의 가시를 한번도 미워한 적이 없단다.

오히려 얼마나 멋진 꽃이 될까 기대하고 있지.

그러니 자책도 말고

지난날의 너를 원망하지도 마.

그저 울어 봐.

울고 싶을 땐 그냥 우는 거야.

눈물이 날 때 눈물을 흘려야 꽃이 활짝 필 수 있는 거야.

그러니 기운 내.

가시가 돋아 있는 너는 한껏 피어날 아름다운 장미일 테니.

tag

봉숭아 물
_____

첫눈

할머니 댁에 갔다가 길가에 피어 있는 봉숭아를 발견했다.
반가운 인사를 나누고 봉숭아 잎 몇 장을 얻어
돌 위에 올려 꾹꾹 누르니 잎이 붉어진다.
뭉툭한 손톱에 나 하나, 할머니 하나 올려놓고
비닐봉지 죽죽 찢어서 고무줄로 꼭 묶어 둔다.
텃밭에서 캐 온 감자를 삶아 손바닥에 올리고 호호 불어 먹으니
그것 참 맛나네 하신다.

마루에 누워 매미 울음소리를 듣다가 바람 소리에 깨면
손가락 첫 마디까지 붉은 물이 들었다.
할머니는 이야기 하나 해 줄까 하시더니
첫눈 올 때까지 봉숭아 물을 잘 지키라고 하신다.
첫눈이 내리면 이 마음이 지켜진다고.
그러면 사랑도 이루어진다고.
그 말을 듣고 손톱 위의 봉숭아 물을 물끄러미 바라보았다.
작은 손톱에 호수만 한 네 얼굴이 둥둥 떠다닌다.
우리 할머니 나를 보며 주름진 얼굴로 싱긋 웃으신다.
내 볼에도 봉숭아 물이 들었다.

언젠가 그 애가 내 손톱을 보고 '봉숭아 물들였네' 하더니
색이 참 곱다고 했다.
할머니가 해 주신 이야기는 차마 못 하고
뒤돌아서서 고맙다고만 했다.
봉숭아 물들이면서 네 생각이 들었다고는 절대 말 못 한다.
빨리 첫눈이 내렸으면 좋겠다.
그래서 네가 내 마음을 알아주면 좋겠다.

\# 미움

\# 미련

누군가 이런 이야기를 해 주었어요.
지나치듯 들었던 이야기인데
마음에 박혀 버렸네요.

한 아이가 길 한복판에서 엉엉 울고 있더래요.
뭐가 그렇게 서러웠는지 눈물, 콧물 다 흘리며 울고 있더래요.
얼마나 울었는지 눈두덩이 다 빨개져서 말이죠.

우리에게는 쉽게 놓지 못하는 손이 하나쯤 있죠

미워하고 싶은데 결코 미워할 수 없는 사람처럼 말이에요

옆에는 아빠로 보이는 사람이 함께 있었는데

표정을 보니 이미 달랠 만큼 달랬다는 표정이더래요.

"아빠 미워! 아빠 싫어!"

그런데 그렇게 소리 내 울고 악을 쓰면서도

아이는 아빠의 손을 놓지 않았대요.

횡단보도에서 신호를 기다리던 아빠는 신호가 바뀌자마자

큰 보폭으로 성큼성큼 걸어 나갔고

아이는 종종걸음으로 아빠 뒤를 쫓았대요.

아이는 떼를 쓰면서도 아빠를 놓칠까 걸음을 재촉했대요.

그녀는 그 모습을 종일 잊을 수 없었대요.

그 아이의 모습이 자신과 조금은 닮은 듯해서 말이죠.

오랜만에 나간 모임에서 그 사람과의 재회를 물어 오면

'이제 지겹다', '밉다'고 말하며 다시 돌아와도 시작하지 않겠다

고 못을 박던 그녀였으니까요.

그래요. 우리에게는 쉽게 놓지 못하는 손이 하나쯤 있죠.

미워하고 싶은데 결코 미워할 수 없는 사람처럼 말이에요.

미련,

어쩌면 그것이 있기에 사랑이 아닐까요.

우리, 사랑하는 동안에 함께하자던 모든 약속을

다 지키지는 못했잖아요.

그 사람에게 주고 싶던 것을 다 주지는 못했잖아요.

내 모든 것을 주어도 아깝지 않던 사람

너무나 사랑해서 사랑한 만큼 미운 사람,

그런 사람이라서 미련이 남는 거잖아요.

사랑에는 새로 고침도 없고 삭제 버튼도 없어요.

시작도 끝도 어느 것 하나 마음대로 되는 것이 없죠.

예측 불가능한 상태, 그것이 바로 사랑이잖아요.

그래서 가혹하지만

그래서 힘들지만

알 수 없기에 뜨겁고, 떨리고, 기대되는 것이 사랑이죠.

나를 늘 아쉽게 만들지만

그래서 사랑, 그래야 사랑인 것 같아요.

지금 흐르는 눈물을 자책하지 마세요.

사랑할 때만큼은 자신을 자책하지 않잖아요.

미련,

그것은 어쩌면 사랑의 다른 이름일지도 몰라요.

당신이 지금도 그 사람을 사랑하고 있다는······.

tag

이전

이후

나는 고양이가 무서웠다.

너를 만나기 전까지.

너를 만나러 가는 길, 매일 보던 가로수가

분홍빛으로 물드는 광경을 보았고

네가 좋아한다는 이유로 쓴 커피를

처음으로 달게 마셨다.

너를 만나서, 자기 전에 마시는

맥주 한 캔의 맛을 알았고
너를 만나서, 시 한 구절만으로도
눈물이 날 수 있음을 알았다.

너를 만나기 전까지
싸움은 불필요한 것이라 생각해 왔지만
너를 만난 후에는
적당한 다툼도 필요함을 깨달았다.
너를 만나서, 누군가를 배려하고
누군가에게 나를 내주는 것이 행복한 일임을 배웠다.
돈이면 무엇이든 다 되는 이 세상이 싫었지만
너와 함께하며 돈으로도 살 수 없는 것이
세상에 존재함을 알게 되었다.

너와 눈을 마주보고
입과 입으로 이야기를 나눌 때
비로소 사랑의 짜릿함을 알았고
너라는 사람으로 내 삶이 송두리째 흔들릴 때도

그 사람을 만나기 전과 후의 나

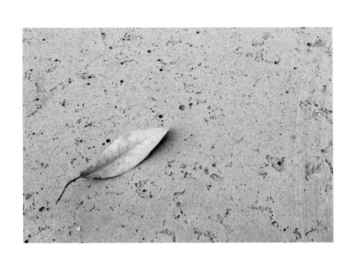

이 모든 것을 나는 후後에야 알았다

나는 사랑이 있어 겁나지 않았다.

고양이 그리고 따뜻한 커피 한잔과 함께
책 읽는 것을 좋아하던 사람.
못생긴 글씨로 적어 내려간 카드 한 장으로
나를 하염없이 울리던 사람.
눈에 보이지 않는 작은 배려들로
내 삶을 야금야금 바꿔 가던 사람.
눈이 녹으면 봄이 된다는 것을 알려 준 사람.

그 사람이 파랑이라고 하면
온 세상이 파랑으로 물들던 시간들.
그 사람을 만나기 전과 후의 나.
이 모든 것을 나는 후後에야 알았다.

tag

탓

핑계

사진을 모아 두던 폴더에서 우연히 찾은 짧은 영상.

그곳에서는 예고도 없이 너의 목소리가 흘러나왔다.

내가 사랑했던 목소리와

서로 주고받는 시답지 않은 농담들이 들려왔다.

눈부신 영상 뒤로 들리는 너의 웃음소리에

나는 바스락 소리도 없이 무너졌다.

'우리 참 행복했다, 그때.

아니, 참 행복했었다.

그렇게 한번씩 너로 인해 무너질 때면 나는 잠을 자지 못했다.

잘 자고 싶었다.

꿈도 꾸지 않고, 꿈에서도 너를 보고 싶지 않았다.

그럴 때면 너를 알게 된 그 순간부터 모든 것이 원망스러웠다.

처음부터 우리가 만나지 않았더라면

너에게 새로운 사람이 생겼다는 소식이 들리고

영영 돌아오지 못하는 곳으로 함께 가 버린다면,

그래서 차라리 너를 잡지 못했으면 했다.

우리의 목소리가 담긴 영상을 지우지도 못하고

벌써 세 번째 돌려 보는 것도 내 탓.

우리가 헤어진 것도 내 탓.

네가 변한 것도 내 탓.

그렇게 내 탓을 해야만 했다.

그래야 견딜 수 있었다.

네가 나에게 해 주었던 따뜻한 말들이

그렇게 내 탓으로 너를 덮어 버렸다

생각나 아무렇지 않게 나를 찌를 때
갑작스러운 이별을 고하던 나를 잡는 너의 손길이 떠오를 때
나는 미련하게도 너의 곁으로 돌아가고 싶었다.
'그때 내가 그렇게 말하지만 않았더라면.'
'그때 내가 그렇게 가 버리지만 않았더라면.'
그렇게 나는 모든 것을 끌어 담아 후회했다.

네가 미워졌다가
그리워졌다가
이 상황이 슬펐다가
한번쯤은 보고 싶다가
끝에는 이런 나를 사랑해 주던 너에게 고마웠다.
그리고 이 복잡한 감정을 잡아 둘 수 없어
너에게 다시 찾아가고 싶을 때마다 나를 탓했다.

네가 미운 것이 아니라 내가 잘못한 거라고
네가 떠오른 게 아니라 내가 생각한 거라고,
그렇게 내 탓으로 너를 덮어 버렸다.

\# 청소

\# 얼룩

끝도 없이 늘어지던 날이 반복되던 때
그날만큼은 기분이 좀 달랐다.
그동안은 침대 밑에 뽀얗게 쌓인 먼지도
뭉쳐진 머리카락도 모른 체해 왔는데
그것들이 한없이 눈에 밟혔다.
불현듯 청소가 하고 싶어졌다.
잠가 두었던 창문을 활짝 열고

반도 차지 않은 세탁 바구니를 가져와

세제를 가득 넣고 시작 버튼을 눌렀다.

걸레를 빨아 바닥 구석구석도 닦아냈다.

일종의 버릇이다.

무엇을 지워 버리고 싶을 때

머리와 마음이 텅 비워졌으면 할 때

나는 청소를 하고 빨래를 한다.

눈을 뜨면 보이는 벽시계도

선반 위에 사이좋게 놓여 있는 색이 다른 두 개의 머그컵도

사이즈가 큰 검은색 티셔츠도

즐겨 신던 양말도

모두 그때 그 자리에 있었다.

눈길이 가는 모든 곳에 그 사람이 남아 있었기에

나는 닦고 또 닦았다.

그렇게라도 해야 속이 시원했다.

세제를 잔뜩 부어 세탁기에 넣고 휙 돌려 버리면

언제 묻었냐는 듯 그 사람의 흔적도

깨끗이 지워졌으면 하고 바랐다.

우리가 사랑할 때 생겼던 얼룩들이 미워졌다.

고된 하루를 위로하고자 어깨에 기대어 생겼던 자국들

함께 차리고 먹었던 식탁에 묻어 버린 흔적들.

잊고자 했던 모든 것은 이미 일상 깊숙이 물들어 있었다.

그와의 추억이 자동 재생될 때면

나는 어김없이 청소를 시작했다.

기억하고 싶던 향기가 날아가고

걸레질에 흔적이 지워지길 바라면서.

그래야 최선을 다해 잊으려 했다고 말할 수 있을 것 같았다.

그래야 새로운 사랑을 시작할 수 있을 것 같았다.

어쩌면 지난 사랑은 얼룩 그 이상일지도 모른다.

아무리 발버둥 쳐도 지워지지 않아

그냥 그대로 받아들여야 하는 것인지도 모른다.

그럼에도 나는 청소를 멈추지 못한다.

끝내는 네가 지워지길 바라면서.

\# 위로

———————————

\# 약손

안녕, 잘 지냈어?

오늘 하루 힘들었다면서.

밤새 울어 퉁퉁 부어 버린 눈은 수습 불가였겠네.

'왜 나에게만 이런 일이 생길까'하고 자책하지는 않았어?

힘들면 누구나 어디로든 도망가고 싶다는 생각이 들어.

특히 나는 누군가의 품이 그립고, 다독임이 필요할 때 그렇더라.

부디 따뜻한 차 한잔과 함께 이 편지를 읽어 주길 바라.

너에게 해 주고 싶은 이야기가 많아.

지금 눈물을 참고 있지는 않니?

예쁜 입술이 다 깨질까 걱정돼.

숨 쉴 때마다 눈물이 난다면 숨 쉬듯이 울어도 돼.

모든 걸 반드시 견딜 필요는 없단다.

세상이 이대로 멈춰 버렸으면 좋겠다는 바람은

힘든 너에게 어쩌면 당연한 거야.

나도 힘들 때는 나를 짓누르는 것들을

마주하기 싫었고 겁도 났어.

얇디얇은 나뭇가지가 바람에 흔들리다가

꺾여 부러질까 무섭고, 두렵고, 불안했지.

그렇게 살다 보니 내일이 오는 것도 싫어지더라.

'사람 사는 일이 다 그렇다'

'시간이 지나면 해결될 것이다'

'시간이 약이다'

그렇게 남들처럼 아무렇지 않게 말하고 싶었어.

살면서 누구나 한번쯤은 겪는 일이라고

멋지게 훌훌 털고 일어날 수 있다고 생각했어.

위로조차 구걸해야 하는 내가 싫었으니까.

주변을 둘러보라는 조언은 귓가에 스치지도 않았지.

그렇게 세상에서 제일 무거운 짐을 짊어지고

구부정하게 살던 내가 가벼워진 것은

아주 작고 사소한 이유 덕분이었어.

마음속에 꽉 막힌 응어리를 찾은 거지.

그래서 주문을 외웠어.

엄마가 아플 때마다 해 주던 것처럼

가슴에 손을 대고 '괜찮다, 괜찮다, 괜찮다'하고

수없이 되뇌었어.

그랬더니 약을 먹은 것도 아니고 주사를 맞은 것도 아닌데 편

해지던 속처럼 그 말 한마디에 이상하게 마음이 편안해졌어.

'괜찮아, 괜찮아 다 잘될 거야!'

곧 집어삼킬 듯한 두려움 속에서도 우리 괜찮았잖아.

그러니 가슴 쓸어내리며 괜찮다고 해 줘.

그러다 보면 조금씩, 아주 조금씩 응어리가 풀릴 거야.

추운 겨울이 지나면 따스한 봄이 올 거야.

볼을 뜨겁게 달구는 꽃샘추위를 뚫고

따스한 봄이 너를 찾아갈 때까지

부디 괜찮다고 말해 줄래?

다른 누구도 아닌 너 자신을 위해

오늘은 기꺼이 눈물을 흘려 보렴.

tag

\# 진심

\# 바람

너를 미워한 적이 있다.
내가 아팠던 만큼 너도 아프기를
너도 사무치게 외로워 보기를
내가 기다린 만큼
너도 누군가를 애타게 기다려 보기를.
그렇게 바라면서 미워했던 적이 있다.
나에게 네가 없는 밤은 겨울밤 같았고

나에게

네가 없는 밤은 겨울밤 같았고

입을 옷이 없는 옷장 같았다

입을 옷이 없는 옷장 같았다.
그때만 해도 나는
기다리던 계절이 다시 돌아오는 것처럼
떠난 너도 다시 돌아올 줄 알았다.

네가 잘 못 지냈으면 했다.
멍하니 앉아서 가다 내려야 할 정류장을 지나치고
딴 생각에 발을 헛디뎌 가슴을 쓸어내리고
내가 주었던 사소한 선물을 차마 버리지 못하고
방 한구석에 품고 살았으면 했다.
우리가 좋아하던 여름밤, 무작정 걷다 보니 집 앞이라고
약속 없이 전화를 한다거나
함께 보기로 했던 영화를 차마 혼자 보지 못하거나
'잘 지내?'라는 문자를 썼다 지우기를 반복한다거나
함께 골랐던 향수를 쓰며 그 향에서 오래 머물렀으면 했다.
나는 그렇게 너를 미워했다.
나 때문에 아프기를
나 때문에 괴롭기를

수도 없이 바라고 바랐다.

그러던 어느 날, 너에게 문자가 왔다.
잘 지낼 리 없는데도, 너는 내가 잘 지냈으면 한다고 했다.
나도 물었다. 그동안 잘 지냈느냐고.
그가 대답했다. 물론, 잘 지냈다고.

사실은 나도 잘 지내기를 바랐다.
운동하다가 다치지 말고
늦게까지 술 마시지 말고
자꾸 우산 잃어버리지 말고
밥도 잘 먹고 아프지도 말고
내가 마음 놓고 너를 미워해도 될 만큼
행복하기를 바랐다.

괜찮은 척했지만 한번도 괜찮은 적이 없었다.
너도 그랬을까.
나를 미워한 적이 한번이라도 있었을까.

\# 벚꽃

———————————

\# 첫사랑

금방이라도 비가 올 것 같던 회색의 일상이
온통 분홍빛으로 물들 때,
그때가 바로 사랑에 빠졌을 때다.

그 사람을 처음 만난 날은 하얀 벚꽃이 흩날리던 봄이었다.
흔히 '봄'하면 사랑이라는데
우리는 조금 뻔하게, 사랑하기 좋은 계절에 만났다.

우리는 조금 뻔하게
사랑하기 좋은 계절에 만났다

그 이후로 벌써 네 번째 봄이 돌아왔는데
그는 아직도 나를 떠나지 않았다.
'그가 하얀 숨으로 피어오르던 겨울이 녹아 봄이 되면
그 숨보다 더 하얀 햇살에 파묻히는 여름이 되면
그때는 잊을 수 있을까' 생각했다.
하지만 비처럼 쏟아지는 벚꽃 나무 아래에 서면
보란 듯이 그가 불쑥 튀어나왔다.

약속도 없이 외롭던 날
하필 날씨까지 부서지게 좋던 날
침대에서 눈을 뜨자 생각나는 것은 다름 아닌 그였다.
멍하니 천장을 보고 누워 있으면
좋았던 순간들이 느리게 반복 재생되었다.

계단을 뛰어올라 너의 집 앞에서 숨을 고르던 모습부터
문고리를 잡고 서서 어색하게 웃는 연습을 하던 내 모습까지.
너였다가 너일 것이었다가 닫혀 버린 문을 바라보는
어느 시의 한 장면처럼

'그가 하얀 숨으로 피어오르던 겨울이 녹아 봄이 되면
그 숨보다 더 하얀 햇살에 파묻히는 여름이 되면
그때는 잊을 수 있을까' 생각했다

다시 볼 수 없음에 매번 문 앞에서 뒤돌아서야 했던 나였다.
꽤 멀던 거리가 너에게 갈 때만큼은 짧게 느껴지던 이유도
널 생각하면 나도 모르게 웃음이 나던 이유도
함께 손을 잡고 걷는 상상을 하며 이불 속을 뒹굴었던 날들도
이제는 천천히 지나가야만 한다.

그래도 고맙다.
사랑을 알게 해 주어서
나에게 아름다운 봄을 선물해 주어서
나에게 잊을 수 없는 사람이 돼 주어서.

\# 선물

_____

\# 의미

사랑은 그랬다.

별거 아닌 종이 상자도 선물로 만들어 버리는,

나에게 사랑은 그런 것이었다.

그 시간들이 좋았다.

그 사람에게 어울릴 만한 옷을 구경하고, 만지고, 고르는 일.

어깨에 대보고 소매를 잡으며 거울 앞에서 미소 짓던 일.

귀찮아서 매번 거르던 저녁밥을 누군가를 위해 손수 차리는 일.
그런 일이 나에게도 생겼다.

사랑은 그랬다.
그가 건네준 손수건 한 장
초콜릿 박스 하나가 소중해지는 것.
그가 끄적인 작은 낙서도 두고두고 꺼내 보게 되는 것.
좋아하지 않던 노래를 듣고 따라 부르는 나를 발견하게 되는 것.
그가 마시던 쓴 커피가 어느 순간 달게 느껴질 때
그를 사랑하고 있다고 나지막이 느꼈다.

흘러내리는 머리를 자꾸 쓸어 올리는 모습이 떠올라
처음 골라 봤다는 머리핀도
조심성 없는 걸음걸이를 걱정해 잔뜩 집어 온 반창고도
사랑이 담겨 있었기에 잊히지 않는 선물이 되었다.

정거장 하나를 지날 때마다
종이 가방 끈을 만지작거리며

건네주는 상상을 하니
바스락거리는 비닐 소리조차 기분 좋게 들렸다.

너를 위해 고를 수 있어 행복했고
너에게 건넬 수 있어 행복했고
네가 웃어 주어 행복했다.
사랑은 그랬다.
별거 아닌 일도 첫눈으로 만들어 버리는,
나에게 사랑은 그런 것이었다.

tag

거울

동화

우리가 만난 지 얼마 되지 않았을 때,

어색함을 떨치려 사람이 많은 거리를 자주 걸었다.

좌판에 놓인 귀걸이를 구경하는 나를 멀리서 보며

너는 수줍게 말했다.

귀걸이 하나만 한 수수한 모습이 참 예쁘다고.

너의 수줍은 고백 이후

나는 늘 귀 한쪽에 하나의 귀걸이만 하게 되었다.

누군가를 사랑하게 되면 나는 서서히 없어지고

어느새 네가 된다

화려한 귀걸이도 많았고 하나쯤은 더 뚫어 보고 싶었지만
그냥, 네가 좋다는 이유로 그렇게 되었다.
너에게만 잘 보이고 싶었으니까.
몽당연필 같은 손톱도 예쁘게 길어 보겠다고 다짐했지만
아무것도 바르지 않은 손톱이 좋다는 말에 그것도 그만두었다.
내가 잘 보이고 싶은 사람은 오직 너라며 배시시 웃어 버렸다.

네가 좋으니 나도 좋다고
내가 좋으니 너도 좋았으면 한다고.
그렇게 우리는 서로에게 동화되어 가고 있었다.

하지만 그렇게 사랑하던 우리에게도 헤어짐은 찾아왔고
이별의 문턱 앞에 놓인 거울을 볼 때면 하염없이 눈물이 났다.
네가 좋아했던 귀걸이
까만색 긴 머리
아무것도 바르지 않은 손톱.

나는 그렇게 너였다.

누군가를 사랑하게 되면 나는 서서히 없어지고

어느새 네가 된다.

너를 비워 내니 나도 없어져 버렸다.

그래서 나는 그냥 오래도록 너여야만 했다.

사랑의 시작과 끝은 그렇게 닿아 있다.

닮아 버린 서로의 모습이 지워질 때까지 누군가는 아파야 한다.

이별은 그렇게 아프다.

사랑했기에 그렇게 아프다.

\# 소나기

\# 짝사랑

뜨거운 여름, 비라도 한바탕 쏟아졌으면 하던 날
정말이지 기다리던 비가 떨어졌다.
그리고 우산이 없어 곤란해 하던 내게
무심히 우산을 건네는 손길과 함께
아무런 예고도 없이 사랑이 찾아왔다.

어쩌다 내 이름을 기억해 준 사람

비는 그쳤지만 너는 그치지 않았어

어쩌다 들었던 목소리에 뒷모습까지.

별거 아닌 그 순간 때문에

나는 너를 사랑하게 되었다.

너에게 내가 아닌 다른 사람이 있을 거라는 예감은 적중했다.

희망을 준 적도 없는 너에게 매번 희망 고문을 당하던 나는

그 사실을 부정하고, 외면하고, 왜곡하며 눈감아 버렸다.

옆이라도 지나갈 때면 손등 한번 스치지 않을까

꽉 쥔 손엔 땀이 났고

주변에서 들려오는 네 이상형은

내 머리와 옷을 바꿔 놓곤 했다.

자기 전, 침대에 누워 너와 주고받았던 메시지를

수십 번 다시 보고

입으로 소리 내어 읽어 보고

너의 상태 메시지가 바뀔 때는 온갖 의미를 부여하며

그 주인공이 나였으면 했다.

그렇게 내 마음에는 갑자기 내린 비처럼

네가 넘치고 있었다.

소나기처럼 찾아온 나의 사랑아.
그저 한바탕 내리는 비인 줄만 알았더니
너는 열렬한 사랑이었다.

나를 이렇게 흠뻑 적시고서
너는 아무 일 없다는 듯 무심하게 떠나갔지만
나는 여전히 너를 사랑하고 그리워한다.

비는 그쳤지만 너는 그치지 않았어.
너라는 비를 맞아 나는 외롭고도 참 행복했다.

\# 풍경

\# 재회

널 사랑했다는 그 사실을 외면하고 싶었다.
떠난 너를 누구보다 애타게 그리워하고 있었지만
보란 듯이 다 잊었다고, 잘 지낸다고 말하고 싶었다.

그래서 나는 바빴다. 아니 더 바빠져야만 했다.
걷지 않을 때, 먹지 않을 때, 일하지 않을 때 생기는
시간의 빈틈에 너를 꾸역꾸역 눌러 담고 있었으니까.

불어오는 바람과 떨어지는 비를 피할 수 없는 것처럼

너는 그렇게 내 삶에 불현듯 나타났다

누군가의 샴푸 냄새에도
즐겨 먹던 음료를 집어 드는 낯선 손을 보는 것만으로도
사랑했던 너의 옆으로 다시 돌아갔다.
길에서 발견한 재미있는 간판을 읽으며 터뜨렸던 웃음도
똑같은 신발을 신은 사람들을 찾으며 나눴던
의미 없는 대화조차도 나를 그곳에 묶어 두었다.

자주 예민하게 굴던 내 기분을 표정만으로 알아채고
피곤할 때는 기꺼이 베개가 되어 주던 너.
묵묵히 그 모습을 지켜봐 주던 우리는 그렇게 뜨거웠다.
이별이 다가와 당연한 것들을 떠나보내야 했을 때
나는 비겁하게 싫다고도 말하지 못했다.
뜨거움이 있던 자리
바람이 지나간 풍경은
너무도 아팠다.

불어오는 바람과 떨어지는 비를 피할 수 없는 것처럼
너는 그렇게 내 삶에 불현듯 나타났다.

사랑은 그렇게
달지만 쓰고
뜨겁고 때로는 차가운
풍경 같은 것

나를 부둥켜안고 추위로부터 지켜 주던 너,

그런 너는 이제 내 곁에 없었다.

너를 잊지 못한 나는 그 풍경에서 나오지 못했다.

그저 그 속에서 너를 기다리며 벌벌 떨고 있을 뿐.

피었으니 지는 것이라고 인정해야만 한다.

그래야 눈이 녹고 봄이 올 테니.

사랑은 그렇게

달지만 쓰고

뜨겁고 때로는 차가운

풍경 같은 것.

너를 한바탕 앓고 나아야

너는 천천히 걸어 나가고

우리가 사랑했던 풍경만 남겠지.

이름

_____

지우개

흔한 이름을 가진 사람을 사랑한 적이 있어요.

사람이 많은 거리를 걷다 보면

그와 같은 이름을 가진 사람을 부르는 소리가 들리곤 해요.

우연이라고 하기에는 너무나 가혹하죠.

그 사람을 부르는 소리에 비슷한 뒷모습이라도 발견하면

나도 모르게 몸이 그쪽을 향해요.

아무리 찾아봐도 그 사람은 없는데, 없었을 텐데도
나를 스쳐 갔다는 느낌은 떨칠 수가 없어요.

나와 비슷한 이름을 가진 사람을 사랑한 적이 있어요.
누가 우리 중 한 명을 부르기라도 하면
동시에 뒤를 돌아볼 정도였죠.
지금도 내 이름이 불릴 때면 가끔씩 그 사람 생각이 나요.
서로에게 이름을 알려 주고
그 사람이 내 이름을 처음 소리 내어 불러 주었을 때,
그 기뻤던 순간이 떠올라서 나는 아파야 했어요.
그 사람 이름이 신문이나 간판에서 보일 때면
반가우면서도 마음이 아려 왔어요.
그 사람을 사랑하고 나서는
단 한순간도 그 이름을 잊은 적이 없거든요.
하루에도 몇 번씩 그 이름을 마음에 눌러 적었으니까.

바람이 많이 불던 날에도
손잡고 산책하던 날에도

작은 다툼에 처음으로 눈물을 보였던 날에도
우리의 첫 만남을 기념하던 날에도
나는 그 이름을 적어 내려갔어요.

그렇게 빼곡하게 그 사람 이름으로
내 마음이 채워졌을 때,
그는 나를 떠났어요.
흐르는 눈물에 힘이 들어가지 않는 손을 부여잡고
애써 쓴 그 이름을 지워 나갔어요.
그리고 거의 다 지웠을 때야 깨달았어요.
이름을 썼던 자국까지는 어떻게 할 수 없음을…….

나는 어쩌다 흔한 이름을 사랑하게 되어서
이토록 지독한 아픔을 감수하게 되었을까요.

그래도 조금은 다행인지도 모르겠어요.
한결같이 이름을 써 왔다는 흔적마저 없어진다면
나는 얼마나 더 슬퍼야 했을까요.

오늘은 오랜만에 그의 이름을 불러 보았어요.

그 이름을 열렬히 사랑했던 만큼

다시 부를 수 없게 된 것은 저에게 더 슬픈 일이었을 테니까요.

#낮에 쓰는
일기

\# 엄마

\# 비

언제나 반짝일 것 같던 내 인생에도
억수 같은 비가 쏟아진 적이 있다.
영원할 것 같던 오랜 연애가 끝이 나고
말도 안 되는 거짓말에 속아 사기도 당하고
바쁜 일상 속, 나쁜 컨디션을 이기지 못해
사람 많은 환승역에서 비련의 여주인공처럼 쓰러지기도 했다.

그랬다

나에게만 오는 비는 없었다

시행착오라는 말이 원망스러울 만큼
수도 없이 빗길에 미끄러지고 넘어졌다.
나는 철저히 혼자였다.
그때 내 인생에는 지독한 장마가 내리고 있었다.

넘어진 나에게 손을 내민 것은
새로운 인연도, 돈도, 일자리도 아닌
언제나 곁에 있던 엄마였다.
변함없이 그 자리에 있었기에 내가 간과했던 소중한 사람,
우리 엄마.

엄마는 내게 말했다.
'힘들면 안 될 때는 없어. 언제든 힘들어도 돼.'
'돈 문제는 어쩌면 가장 쉬운 거야.
너에게는 더 값진 것이 있잖아!'

그랬다.
나에게만 오는 비는 없었다.

억수 같은 비를 맞고 서 있는 나를

멀리서 지켜봐 주는 사람이 곁에 있었다.

들고 있던 우산을 조용히 내려놓고

함께 비를 맞아 주겠다는 사람.

많은 말 대신 눈길 한번으로 나를 울리는 사람.

그때 나는 세상에서 가장 따뜻한 위로를 받고 있었다.

모자이크

_____

행복

"행복해요?"
라고 누군가 물었다.
그때 나는 행복이라는 말만 들어도
아무 대답도 할 수 없을 만큼 행복하고 싶었다.

바쁜 일상을 해내고 뒤를 돌았을 때
괜히 억울해지는 날이 많았다.

행복한 미래를 그리며 힘껏 살았는데
'왜 행복하지 않지?'라는 생각이 들어 한없이 서글펐다.
이까짓 작은 불행들은 앞으로의 행복을 위해 참을 수 있다며
꾸준히 나를 떠밀어 왔는데, 그 불행을 견디면서까지
얻으려 했던 행복은 무엇이었을까.

남들이 부러워하는 직장에
멋진 옷으로 가득 찬 넓은 집에 사는 것.
단지 그것이었을까?
문득 생겨 버린 물음표 하나로 마음이 복잡해졌다.
잘 짓고 있다고 생각했던 내 미래는 부도난 지 이미 오래였다.

사실 나는 그랬다.
지친 발걸음으로 돌아온 집에
엄마의 찌개가 보글보글 끓고 있을 때
어둑해진 퇴근 길 저녁, 오래된 가게에서
좋아하는 노래가 들려올 때
외롭다는 말에 기꺼이 찾아오는 친구의 얼굴 앞에서

나는 그냥 벙긋 웃음이 났다.

'그래, 이런 게 행복이 아닐까.

한숨 돌리고 그저 이렇게 행복해도 되지 않을까.'

행복은 눈이 아닌 마음으로 보는 것이라는 어느 시인의 말처럼

마음껏 느껴도 됐을 텐데……

그동안 나는 나에게만 너무 팍팍하게 굴었다.

아이스 커피를 다 마시고 남은 얼음을 와삭 씹어 먹는 순간

노래방에서 부르고 싶던 노래를 눈치 보지 않고 부를 때

재미있는 책 한 권에 빠져 잠시 일상을 잊었을 때도

나는 행복했다.

삶이란

바다에 잔잔한 파도가

치고 있다는 것이다.

(……)

삶이란

들판에 거세지 않게

가슴을 잔잔히 흔들어 놓는

바람이 불고 있다는 것이다.

용혜원, 〈행복을 느낄 수 있다는 것은〉 중에서

나는 이제껏 내 삶이 한 편의 영화 같았으면 하고 바랐다.

클라이맥스를 누리며 살아가는 멋진 주연의 모습만을 꿈꿔

왔다.

하지만 삶이란, 그 속의 행복이란

마음을 흔드는 파도나 바람이 아닐까 싶다.

나는 더 이상 영화 같은 삶을 꿈꾸지 않는다.

작은 일상의 장면들이 모여 근사한 그림이 되는 모자이크 같

은 삶, 그런 삶을 꿈꾸고 싶다.

행복은 향수와도 같아서 한두 방울 뿌리기 전까지는

그 향이 발하지 않는다고 한다.

그렇게 잔잔한 일상 속에서 자신만의 향을 찾아가는 것,

그것이 우리가 찾던 행복 아닐까.

tag

고무신

―――――――――

꽃신

'고무신을 꽃신으로 바꿔 줄게.'

네가 했던 그 약속을 믿고 오랜 시간 기다려 왔다.
중요한 시험 날짜도 수업 시간표도 신경 쓰지 않던 내가
네 휴가와 복무 기간은 어쩌나 손꼽아 세어 보게 되던지.
이제는 시간이 지나 익숙해질 만도 한데
걱정스러운 너의 말에도 분명 괜찮다고 대답했는데

영화관에 가도, 식당에 가도, 여행을 떠나도
함께하고 싶다는 생각 때문에 혼자는 여전히 어려웠다.

그래도 괜찮았다.
시간이 지나면 네가 곁으로 돌아올 테니까.
저녁마다 꼬박꼬박 걸려 오는 전화에 담긴 너의 가쁜 숨소리
제일 먼저 내게 걸었다고 자랑스럽게 말하는 너의 목소리로
봄이 되는 우리가 좋았다.
머리를 깎던 날, 머쓱해 하던 너의 모습도 좋았고
5시간 걸려 가서 잠시 보고 오는 아쉬움도 좋았다.
면회하면 도시락이 빠질 수 없어 졸린 눈을 비비며 부지런히
싸 간 김밥도
몇 번 없는 휴가 계획을 치밀하게 짜던 것도
남는 건 사진뿐이라며 부끄러움을 내던지고 찍었던 사진도
못난 글씨체로 써 내려간 편지와 낙서 같던 그림들도 좋았다.

군대의 '군' 자도 모르던 내가
부대며 직급을 줄줄이 외우고 다니던 때가 있었고

그때 우리는 멀리 있었지만,

수많은 약속을 해서라도 지키고 싶던 서로가 있었다

너에게 걸려 온 모든 공중전화 번호가
네 이름으로 저장되었을 때가 있었다.
기다리기 힘들지 않느냐는 주변의 말도
기다리면 남자가 도망간다는 말도 다 들리지 않았다.

시간이 지나 오늘 내 앞에 군복을 입고 늠름하게 서 있는
너를 보니 그때 생각이 난다.
당장 옆에서 해 주고 싶던 것들
정성으로라도 사 주고 싶던 것들
같이 먹으러 가자고 약속했던 음식들
아플 때 함께해 주겠다던 다짐들.
그때 우리는 멀리 있었지만, 수많은 약속을 해서라도
지키고 싶던 서로가 있었다.

다 사 주지 못하고
다 먹지 못해도 괜찮다.
지금 우리는 한자리에 서 있고
내 발에는 이미 예쁜 꽃신이 신겨져 있으니.

우리는 이제 함께하며 분명 행복할 테니.

꽃 같은 그대.
나무 같은 나를 믿고 길을 나서자.
그대는 꽃이라서 10년이면 10번은 변하겠지만

나는 나무 같아서 그 10년, 내 속에 둥근 나이테로만
남기고 말겠다.

이수동, 〈동행〉 중에서

tag

잡동사니

추억

"이게 다 뭐야?"

어린 시절, 외출하려고 현관문 앞에 서면 엄마에게 꼭 듣는 말.

엄마는 나에게 항상 같은 것을 물었지만

나에게는 나름의 이유가 있었다.

어린 시절 분홍색 작은 손가방을 들고 다닐 때부터

내 가방은 언제나 무거웠다.

작은 손가방 안에는 친구에게 받은 유리구슬

나는 집이 아닌
추억을 짊어지고 다닌다

동네 문방구에 새로 나온 미미 인형과 종이 돈
언니에게 받은 반짝이 스티커와 학 종이까지
나의 작은 보물들이 차곡차곡 자리를 잡고 있었다.

외출할 때면 누가 시키지 않아도 가방을 쌌다.
할머니가 좋아하시는 누룽지 사탕도 챙기고
세 자매니까 인형도 세 개, 연필도 세 자루,
종이도 세 장씩 챙겨 넣었다.
차곡차곡 추억을 쌓듯 짐을 싸는 버릇은
습관이 되어 지금도 어디를 나서려면
외출 준비로 손이 바빠진다.

스무 살이 된 내 가방은 오늘도 여전히 무겁다.
아끼는 옷에서 떨어진 검은색 단추 두 개
동생이 소풍 가서 사 온 하늘색 손수건
긴장될 때 껌을 씹으면 괜찮아진다는 다정한 충고로
잘 씹지 않는 껌도 안쪽에 잘 넣어 두었다.
누군가에게는 별거 아닌 물건, 일상적인 소모품이

나에게는 누군가 나를 염려하는 마음이며
누군가가 나를 떠올리는 물건이다.

그 물건들에서는 추억이라는 향기가 나고
사람이라는 행복이 보인다.
나는 짐이 아닌 추억을 짊어지고 다닌다.

세상에서 단 하나뿐인 물건은 아니지만
세상에서 단 하나뿐인 이유를 가진 물건들.
그것이 내 가방이 무거운 이유이고
잡동사니가 소중한 이유이다.

할머니

———————————————

옷장

날이 선선해지면 옷이 특이하다는 소리를 종종 듣는다.
나의 센스가 뛰어나거나 눈썰미가 좋아서라기보다는
어딘지 촌스럽다는 뜻일 것이다.

나는 할머니의 옷을 즐겨 입는다.
정확히 말하면 할머니의 젊은 시절 옷을 입는다.
엄마의 엄마, 그러니까 외할머니 댁에는 옷이 많다.

할머니의 옷을 입는 것은
할머니의 젊은 날을 입는다는 것은
할머니의 추억과 섞이는 일이다

많다는 표현으로는 설명이 안 될 정도로 어느 방이든 옷으로
가득이다.
옆구리가 터진 종이 박스에는 매직으로 삐뚤빼뚤하게
이름이 쓰여 있다.
'대전 손자 어릴 때 입던 옷'
'천안 딸 아가씨 때 입던 옷'
'예산 손녀들 안 입는 옷'
그렇게 할머니는 자식들이 보고 싶을 때마다
옷을 개고 또 개셨다.

종종 할머니 댁에 놀러 가면 젊은 시절 꼭 맞았다는 옷을 꺼
내서 보여 주셨다.
주름진 손으로 만지고, 다듬고, 어깨에 내려앉은 먼지를 툭툭
털어 주시고는 뒤로 가만히 물러나 계셨다.
눈물을 참으시는 건지 미소를 지으시는 건지
알 수 없는 표정으로 거울 뒤에 서 계셨다.
그렇게 할머니의 옷을 걸치고 거울을 보면
낡은 사진 속에서 보았던 한 아가씨가 겹쳐 보였다.

풍성한 머리칼에 새침한 얼굴을 하고
큰 키에 중절모가 잘 어울리던 남자를 사랑한
어여쁜 아가씨를 만난다.

크고 뭉툭한 단추에는 화려했던 젊은 날이 있고
넉넉한 어깨 품에는 철없던 시절의 실수가 묻어 있다.
고쟁이 내복에 가려져 있던 멋진 맵시도
이제는 듬성듬성 가벼워진 머리칼도
할머니의 주름진 손에서 다시 살아난다.

할머니의 옷을 입는 것은
할머니의 젊은 날을 입는다는 것은
할머니의 추억과 섞이는 일이다.
그것은 말로는 다하지 못한 것을 속삭여 나누고
배우는 일이었다.
나는 오늘도 촌스럽고 품이 큰 할머니 옷을 입는다.
그렇게 또 한번 할머니의 사랑을 입어 본다.

어버이날

선물

부모님의 동창회가 있던 날, 두 분의 모습이 조금 낯설게 느껴졌다.

편하다는 핑계로 같은 색에 같은 옷만 고집하시는 줄 알았더니 이렇게 차려입으니 두 분, 여전히 청춘이시다.

그동안은 자식들의 옷장과 화장대를 채워 주기 바쁘셨지만 분명 그분들에게도 보석처럼 빛나는 시절이 있었으리라.

이십대 초반,

함께 떠난 이름 모를 갈대밭에서

빨간 커플 티에 청바지를 입고 찍은 한 장의 사진.

그 모습을 어디선가 본 적이 있다.

지금도 두 분은 여전히 그때 그 미소로 서로를 바라보고 계셨다.

그 모습에 나는 행복한 미소를 지을 수밖에 없었다.

어린 시절, 매년 돌아오는 5월 5일 어린이날

집에 가자마자 옆 반 친구는 뭘 받았고

내 짝꿍은 뭘 사러 간다고 하면서 엄마 아빠를 부추기던 어린 나.

부모님은 우리가 부족함 없이 자라기를 바라셨기에

늘 미안해하셨다.

하지만 정작 3일 뒤, 어버이날에는

미술 시간에 만든 카네이션을 가슴에 달아드리고

어설픈 존댓말로 쓴 편지 한 장이 선물의 전부였다.

그래도 부모님은 기뻐하셨다.

시간이 흘러 성인이 되어도 달라지는 것은 없었다.

그런 마음과 일상이
두 분에게는 부족함 없는 선물이었다

다시 돌아온 어버이날에도 내 주머니는 여전히 가벼웠다.
'멋진 선물과 두둑한 봉투 한번 드릴 수 있다면……' 하는 영양
가 없는 자책을 하고 있을 때, 문득 이런 생각이 들었다.

두 분이 서운해하신 이유는 내 두 손이 가벼워서가 아니었다.
타지에 있는 딸이 보고 싶을 때
맛있는 음식 앞에서 온 가족이 함께하지 못할 때
그때, 서운해하셨다.

그저 내가 부모님께 해드릴 수 있었던 것은
집에 돌아와 양말을 가지런히 벗어 두는 것
다 먹은 밥그릇은 설거지통으로 가져가 물에 담가 두는 것
누워 있는 엄마 곁에 가서 팔베개해 달라며 졸라도 보고
굽은 다리를 못 본채 말고 뜨거운 손으로 주무르는 일.
집으로 가는 길, 화장품 가게에 들러
엄마 줄 립스틱을 하나 고르고
무뚝뚝한 아빠에게 살갑게 다가가
무엇이라도 하나 더 묻고 배우는 것.

두 분을 혼자로 만들지 않고
쓸쓸하게 두지 않는 것
그것이 전부였다.
그런 마음과 일상이 두 분에게는 부족함 없는 선물이었다.
정작 내가 잊고 지낸 것은
5월 8일 어버이날이 아니라
두 분이 나에게 알려 준 가치 있는 마음이 아니었을까.

사랑은 손에 쥔 것이 아니라
마음으로 하는 일임을 깨달았다.

애정 표현

못난이

다른 어떤 말보다 그 말이 좋았다.

우리 둘만 아는 의미로 만들어진 아주 짧은 그 말.

'못난이'

그 말을 처음 들었을 때는 당연히 입술이 삐쭉 나왔다.

'이왕이면 예쁘다고 해 주지'하는 섭섭한 마음이 들었다.

그럼에도 그 말을 미워할 수 없던 이유는

나를 바라보는 그의 눈빛 때문이다.

나는 그의 서툰 애정 표현을 알아 버렸다.

'사랑한다'는 말이

'예쁘다'는 말이

'보고 싶다'는 말이

차마 부끄러웠던 그의 마음을.

그렇게 입 밖으로 나오지 않는 마음을 전할 때면

그는 나의 볼을 살며시 꼬집으며 슬며시 지어지는 미소를 숨

기지 못하고 말했다.

"참 못났다, 못난이."

추운 날이면 어김없이 붉어지던 볼을 매만져 주던 사람

내 손톱을 쓰다듬으며 '참 작다'하던 사람

쌍꺼풀이 부럽다고 작은 눈을 부릅뜨면

꾸밈없는 웃음을 터뜨리던 사람

혼자 보내지 않고 꼭 집 앞까지 바래다주던 사람.

나를 못난이라고 부르는 그 사람 덕에

내 볼이 붉은 것도, 내 손톱이 작은 것도

쌍꺼풀 없는 내 눈이 예쁘다는 것도 알았다.

볼품은 없지만 그 어떤 거창한 말보다 나를 울고 웃게 했던 말

서툴고 투박해서 나를 부서지게도 촉촉하게도 만들던 말

우리 둘만 아는 그 말

그 말이 아니면 다른 말로는 도저히 표현이 안 되는 말

초여름 밤, 오랜 뒤척임과 함께

투박한 그의 애정 표현이 문득 사랑스럽다.

tag

\# 반려견

\# 온기

가능하다면 매일 사랑한다고 말해 주고 싶어요.
단 한번이어도 좋으니
사랑한다고 말해 주고 싶은 사람이 있어요.

그 사람, 오늘도 많이 힘들었을 거예요.
요즘 집을 나서는 발걸음이 무거웠거든요.
집에 들어오자마자 세수부터 하러 들어가네요.

그러더니 그 많은 짐을 찬물에 씻어 버렸는지
맑고 뽀얘진 얼굴로 싱긋 웃어 보이기까지 하네요.
그러고는 아무 일 없다는 듯 나를 쓰다듬다가
금세 잠이 듭니다.
곤히 잠든 모습을 보니 괜히 안쓰러워
나는 그의 품으로 파고듭니다.
그가 오기 전까지 오랜 시간 혼자였던 이불에
따뜻한 온기가 더해지니
이 기분을 말로 다 할 수 없어요.

그가 졸린 눈을 떠서 잠들지 못하는 나를 보고 눈을 깜빡이면
그 기다란 눈썹을 따라 나도 깜빡, 깜빡해 봅니다.
나에게 자신의 이불을 나눠 주고
어느새 깊어진 숨을 내쉬며 잠이 든 그 사람.
박동 소리가 선명해지는 고요한 새벽이 오면
나도 모르게 그 소리를 따라가다가 조용히 잠이 듭니다.
내 발소리와 촉감이 위로가 된다는 그가 있어
나는 오늘도 참 다행입니다.

나는 말을 할 수는 없지만

그에게 매일 사랑한다고 말하고 싶어요.

"고마워요, 나와 함께해 줘서."

인사

_____

문

어릴 때, 엄마에게 꾸중을 들은 적이 있다.

이유는 집에 오신 어른께 인사를 하지 않아서였다.

억울했다.

잘 알지도 못하는 어른에게 왜 인사를 해야 하느냐며 울었다.

엄마는 그런 나를 달래며 말씀하셨다.

그분들도 누군가의 엄마, 아빠라고.

지금도 그때의 기억을 지울 수가 없다.

엄마는 말씀하셨다
그분들도 누군가의 엄마, 아빠라고

억울해서가 아니라 죄송해서.

인사는 그런 것이었다.

부끄럽고 귀찮은 것이 아니라 새로운 시작이 되어 주는 것.

그냥 스쳐 지나갈 수 있는 인연을 잡아 놓아 주는 것.

모르는 사람이니 인사를 하지 않아도 되는 것이 아니라

모르기 때문에 인사를 건네야 했다.

그날 이후, 동네에서 어른들을 뵈면 꼬박꼬박 인사를 하게 됐다.

버스 기사 아저씨, 슈퍼 아주머니, 학교 선생님들께.

엄마 말대로 그분들은 누군가의 엄마였고 아빠였다.

뒤에서 묵묵히 일하고 있는 당신들, 나의 어머니, 아버지······.

힘들게 일하는 우리 부모님을 보고 지나가던 누군가가

살가운 인사를 건네준다면 나는 얼마나 기쁠까.

무거운 짐을 들고 가는 우리 할아버지, 할머니에게

누군가 손을 내밀어 도와준다면 나는 얼마나 다행스러울까.

그렇게 생각하니 어려울 것이 하나도 없었다.

인사는 시작이다
누군가에게 따뜻한 차 한잔,
문 하나를 내어 주는 것

인사를 건네는 일이 작은 행복이 되었다.

인사는 시작이다.

누군가에게 따뜻한 차 한잔, 문 하나를 내어 주는 것.

그 마음을 안다면 기꺼이 그분들의 아들딸이 되자.

마음의 문을 열어 보자.

tag

아날로그

저장

'반드시 기억하고 싶은 순간이 있다면 그것은 언제였을까?'
'사진처럼 뽑아 간직할 수 있다면 나는 어떤 순간을 꼽을까?'
문득 물음표가 생겼다.

이 질문의 시작을 알기 위해서는 스마트폰이 처음 나왔던 때
로 거슬러 올라가야 한다.
스마트폰이 나오자 사람들은 뭐가 그렇게 급했는지 휴대폰을

나에게 아날로그는 디지털의 반대말이 아니라

내가 그리워하는 어떤 한 순간이다

손바닥만 한 스마트폰으로 바꾸기 시작했다.

스마트폰은 우리에게 익숙한 풍경을 낯설게 바꾸었다.

빼곡하게 주고받던 문자 메시지 대신

실시간 울리는 대화창이 생겼고

문자 보관함 대신 '캡처'라는 기능으로

모든 것은 버튼 한 번에 저장되었다.

기억하고 저장할 수 있는 것이 무한한 세상이었다.

처음에는 그런 게 그저 편하고 신기했다.

그런데 요즘은 자꾸만 그때가

그리워진다.

그것들이 없었던 때가 어땠는지 기억이 잘 나지 않는다.

스마트폰을 손에 쥐고 살던 내가 충전을 깜빡한 날이었다.

힘없이 꺼진 스마트폰을 들고 버스에 올라

오랜만에 바깥 구경, 사람 구경을 했다.

앞에 앉은 사람, 옆에 앉은 사람, 손잡이를 잡고 서서 가는 사람

지나가는 사람 모두 하나같이 귀에는 이어폰을 끼고

손에는 스마트폰이 들려 있었다.

수많은 말들이 오가는 듯한 손가락과 눈짓
흔들리는 창밖 풍경과 흔들리는 고개들.
내가 편하다고 생각했던 세상이 이런 세상이었던가.
순간 너무나 낯설게 느껴졌다.

보관함에 있는 문자를 읽다 누군가가 사무치게 그리워지던
시절
다음 사람을 위해 공중전화 위에 동전 몇 개 남겨 놓던 시절
수화기를 내리면 남은 동전 먹는 소리가 꿀꺽하고 저 너머로
들리던 시절
수업 시간이면 선생님 몰래 시계 눈금을 야금야금 세던 시절
별거 아닌 일에도 눈물과 웃음이 흔하던 시절.

나에게 아날로그는 디지털의 반대말이 아니라
내가 그리워하는 어떤 한 순간이다.
조금 번거롭고 불편해도 온전히 내 것이던 것
우리 곁에서 무엇보다 천천히, 넉넉하게 퍼지는 것들이다.

어쩌면 우리가 매 순간 저장하고 기록하며 기억하려던 것은
그때 그 순간의 짧은 스침이 아니었을까.

그립다 많이.
그 시절
그 소리
그 냄새까지도.

tag

\# 새해

_____

\# 다짐

소리 내어 말하기도 어색하고

날짜를 쓸 때면 한번쯤 망설이게 되는 새해가 되었다.

지난해에는 지키지 못했던 많은 약속들을 반드시 지켜 내리라

다짐하며 꼬깃꼬깃 접어 둔 종이 한 장을 꺼냈다.

토익 시험 보기

자기 소개서 써 보기

밀린 방학 숙제처럼 적어 놓은 새해의 거창한 다짐만이

새로운 나를 만드는 것은 아니다

졸업 논문 미리 준비하기

적금 들기

(매년 발목 잡는) 다이어트까지

누구나 다 하는 것들이니 나도 해야만 한다고

내 인생의 완성도를 항목의 완성으로 삼았던 날들.

그 속에서 나는 결코 행복하지 않았다.

그래서 올해부터는 등 두드리는 척

등을 떠미는 무거운 다짐들을 지우고

평소 하고 싶던 것들을 생각해 보기로 했다.

지하철이 닿는 곳 여행해 보기

주변 사람들에게 좋은 음악 추천하기

평소 유치하다고 생각했던 것 눈 딱 감고 해 보기

불 끄고 창밖 야경 구경해 보기

소리 없이 누군가에게 도움 주기

엘리베이터에서 마주친 이웃에게 웃으며 인사하기

특별하지 않은 날, 작은 선물 들고 나타나기

365일이라는 긴 시간 동안 나를 행복하게 만든 것은
사회에 완벽 적응할 나를 만드는 과정이 아니라
웃음 한번, 마음 한 조각을 나누는 일이었다.

밀린 방학 숙제처럼 적어 놓은 새해의 거창한 다짐만이
새로운 나를 만드는 것은 아니다.

매년 12월 31일 오후 11시 59분 59초에서
내년 1월 1일 오전 00시 00분 00초가 되는 시간을 기다리며
카운트다운을 외치는 우리.
우리는 그 찰나의 순간에 새로운 나를 만들어 내야 했고
그것은 모두에게 너무나 가혹했다.

새해는 더 이상 나의 등을 떠미는 시간이 아니다.
이제 새해는 온몸으로 행복을 받아들일 준비를 하는 시간이다.

tag

크레센도

악보

내가 처음 봤던 너는

참 딱하고, 딱딱한 아이였다.

피아노를 처음 배우는 아이처럼

온몸이 경직되고 긴장돼 있었다.

너는 말했다.

"인생은 실수 없이 반듯하게 그려진 오선지처럼 늘 틀림없어

야 해."

리듬이 좀 틀리면 어때

쉼표가 좀 길면 어때

그렇게 넌 외롭고 딱했다.

너는 말했다.

"악보에서는 크레센도가 제일 멋져. 내 인생도 점점 커지기만
했으면 좋겠다."

네가 해 준 그 이야기가 나는 너무나 슬프게 들렸다.

나는 물었다.

"있잖아, 하루가 지나고 또 하루가 지나도 그 나름대로 괜찮지
않아? 헛된 시간은 없잖아."

"인생이 언제나 크레센도라면 멋질 것 같지만, 꼭 그렇지도
않아."

내가 용기 내 꺼낸 이야기를 너는 듣는 듯 마는 듯했다.

"음악도 그렇잖아. 점점 커지다가 점점 작아지기도 하잖아.
아무리 멋진 악보라도 누군가 찾아서 연주하지 않으면 얼마
나 멋진지 모를 거야."

내가 말하는 도중에 입술을 삐죽 내밀던 너는

이내 눈시울을 붉혔다.

그래, 그랬던 거지.

너는 아픈 단어로 투정을 부렸지만

그냥 힘들다고, 외로웠다고 말하고 싶었던 거다.

"리듬이 좀 틀리면 어때. 쉼표가 좀 길면 어때.

그렇게 해서 멋진 음악이 만들어지기도 하잖아."

나는 너의 어깨에 손을 올렸다.

너는 힘겹게 눈물을 참았다.

나는 조심스럽게 말을 이어 갔다.

"괜찮아, 조금 느려도. 괜찮아, 계속 커지지 않아도. 그래도 너
를 사랑하는 사람이 있어."

"너의 노래는 아직 시작되지 않았을 뿐, 그것은 너만이 시작
할 수 있단다."

잠시 침묵이 흘렀다. 너는 눈물을 닦고 겨우 웃음을 보였다.

"나는 너의 노래를 기다려. 얼마나 멋질까. 서두르지 말고 천천
히, 그렇게 천천히 연주해 주렴."

너는 고맙다는 말을 대신하듯 내 손을 잡았다.

그래, 너는 그냥 그렇게 위로가 필요했던 거다.

딱딱하던 네가 조금은 편해져도 된다고 말해 줄 누군가가
옆에 있었으면 했던 거다.

*크레센도 : 음악 용어. 점점 세게

\# 여행

\# 사랑

여행과 사랑은 묘하게 닮았다.

먼 여행에서 돌아와 앓는 아픔은 지난 사랑의 아픔과 닮아 있다.

끙끙거리면서 자다 깨다를 반복하고

허기가 져서 문득 일어나 앉으면

그리운 풍경들이 눈앞에 펼쳐진다.

반찬을 꺼내 매운 고추장에 양푼 가득 비벼 먹다가

사랑, 그것은 너에게서 떠나

결국은 나에게로 돌아오는

길고 긴 여행이었구나

갑자기 목이 메어 눈물이 핑 돌기도 한다.
분명 배가 무지 고팠는데, 몇 수저 떠 넣지도 못하고
다시 이불 속으로 들어가 눈을 감고 긴 여정을 떠난다.

왜 이렇게 온몸이 아프고 열이 날까.
이 뜨거움은 또 뭘까.
낯선 것을 만나고, 감탄하고
그 안에 들어가 조금은 익숙해질 무렵
제자리로 돌아와야만 하는 불편한 잠자리.
그 단조로운 변화 속에서 나는 아파야만 했다.

아무리 긴 여행을 떠난다 해도
아무리 멀고 먼 곳을 간다 해도
나는 여전히 그 자리,
익숙한 네 곁에 머무르고 있으니
사랑, 그것은 너에게서 떠나
결국은 나에게로 돌아오는
길고 긴 여행이었구나.

그렇게 여행과 사랑은 닮아 있다.

아파하고 그리워하는

쓸쓸한 뒷모습조차 닮아 있다.

사랑

_____

시

여름 장마가 시작됐는지 그날은 종일 비가 왔다.

아무런 약속 없이 집으로 향하는 길

쏟아지는 비를 피하기 위해 서점 문을 열었다.

서점에 들어서자 바로 눈앞에 보인 긴 제목의 시집 한 권.

넌 가끔가다

내 생각을 하지

그것이
사랑이었다

난 가끔가다
딴 생각을 해*

한 편의 시가 제목이던 원태연 시인의 시집이었다.

뒤돌아보니 어느 순간 철저히 혼자가 되었을 때
흘러나오는 이별 노래가 다 내 이야기 같았을 때
지나쳐 간 향수 냄새에 가슴이 내려앉고 멍해졌을 때
그렇게 그 사람이 아직 내 마음에 남아 있을 때,
그 시집이 나를 찾아왔다.

사랑에 빠진 사람은 사랑을 노래하는 시인이 된다.
나는 그렇게 잠시 동안 사랑을 노래했었다.
울고 웃고, 가슴 졸이고, 나를 아프게 했던 그 연애는
맛으로 표현하자면 달콤 쌉싸름했다.

멍든 마음으로 만났던 시집을 그 자리에 서서
벌컥벌컥 읽어 버렸다.

*원태연, 《넌 가끔가다 내 생각을 하지 난 가끔가다 딴 생각을 해》

나는 시집을 끝까지 읽을 수밖에 없었다.

시인은 누군가를 사랑했다.

나도 누군가를 진심으로 사랑했다.

모양이 어떠했든, 얼마나 아팠든, 상대가 누구였든

나도 그처럼 누군가를 마음껏 사랑할 수 있어서

다행이라고 생각했다.

에쿠니 가오리는《장미 비파 레몬》에서 사랑이란

'목욕을 하고 캔 맥주 하나를 땄는데 다 마시지 못해도

나머지를 마셔 줄 사람이 있다는 것'이라고 했다.

사랑은 생각보다 거창하지 않다. 그렇다. 참 별것 아니다.

잠들기 전, 천장에 새겨지는 얼굴이 있다는 것

부끄러운 실수를 따뜻한 눈으로 바라봐 주는 사람이 있다는 것

아플 때 차가운 물수건을 머리에 올려 줄 사람이 곁에 있다는 것

그 순간 속에서 살아가게 해 주는 사람이 있는 것,

그것이 사랑이었다.

나에게 다시 묻고 싶다.

사랑에 빠진 사람은
사랑을 노래하는 시인이 된다

멍이 들고 생채기가 남아 아픈 그 사랑을
곱씹어 넘길 수 있겠느냐고.
시인이 되어 적었던 많은 사랑 노래를
그에게 다시 보내고 싶지 않으냐고.
누군가의 말처럼 내 마음이 이토록 아픈 것은
그 사람을 잊지 못해서가 아니라,
그 사람을 사랑했던 내 모습을
사랑했기 때문이라고 말하고 싶다.

tag

겨울

봄

내게도 그랬던 적이 있다.

그의 말 한마디에 가슴이 콕콕 쑤시고

눈빛 한번에 마음이 흔들리고

괜한 질투에 입을 삐죽였던 적이.

하지만 영원할 줄 알았던 이 감정은 오래가지 않았다.

열렬한 사랑은 어느샌가 식어 있었고

죽을 만치 가슴이 아팠다.

아직 벚꽃도 피지 않았는데 나에게 봄이 찾아왔다

마음에 쌓여 있던 눈이 녹았으니 이제 봄이 오려나 보다

가슴이 먹먹하고 숨이 막혀 이불에 고개를 묻고
다시는 사랑 따위 하지 않겠다고 다짐했다.
기세 좋게 그까짓 사랑이라고 외쳤지만
사실, 절절하게 외롭고 아팠다.
누구와도 가까워질 수 없었다.
모든 것이 주변을 빙빙 맴돌았다.

그러다 우연히 나간 자리에서 그 사람을 처음 만났다.
작은 눈으로 깨끗하게 웃던 모습도
따뜻해 보이던 회색 스웨터도
말없이 끄덕이는 눈빛도 모두 좋은 느낌이었다.
아무리 그래도 다가온 기회를 의심 없이 덥석 잡을 수는 없었다.
내가 알고 있는 사랑은 감수해야 할 것이 너무나 많았기에.
내가 망설이자 그가 쪽지 하나를 적어 건넸다.
'물이 들어왔어요. 어디로 가든 노를 저어 봐요.'
내 마음을 알아챘던 걸까.
그는 다른 어떤 것도 묻지 않고
입 모양으로 '괜찮다'고 말해 주었다.

'잠겨 죽어도 좋으니 너는 물처럼 내게 밀려오라'*는
시 구절이 떠올랐다.
부서져도 좋으니 다시 사랑하고 싶었다.
속아도 좋으니 믿어 보고 싶어졌다.
다시는 느낄 수 없을 줄 알았던 설렘도 떨림도 아슬아슬함도
바보 같던 내 웃음소리도 모두 그대로였는데,
나는 무엇이 그리도 겁났을까.
아직 벚꽃도 피지 않았는데 나에게 봄이 찾아왔다.
마음에 쌓여 있던 눈이 녹았으니 이제 봄이 오려나 보다.

나는 다시 시작하고 싶었다.
그 사람을 사랑하고 있음을 숨기고 싶지 않았다.
떨리는 마음이 잡히지 않아 종일 들떠 있었고
그러다가 어디에 쿵 박아도 웃음이 나왔다.
친구들에게 그 사람과 있었던 일을 이야기할 때면
나도 모르게 입꼬리가 올라가 있었다.
그와의 대화에서 오고 갔던 작품들을 찾아 읽고 공부했다.

*이정하, 〈낮은 곳으로〉

가슴 절절했던 모든 순간이 나중에는 아픔이 될지라도

그만큼 소중한 것임을 이제야 알았다

그렇게라도 우리의 이야기에 한마디라도 더 보태고 싶었다.

어디를 가도 그 사람 생각이 나

'이 색 잘 어울리겠지'

'저거 잘 맞으려나' 하면서 나도 모르게 선물을 골랐다.

그렇게 나는 다시 사랑을 노래하고 있었다.

나는 다시 찾아온 사랑 속으로 의연하게 걸어 들어가려 한다.

가슴 절절했던 모든 순간이 나중에는 아픔이 될지라도

그만큼 소중한 것임을 이제야 알았다.

나는 다시 사랑을 한다.

가슴 절절하게, 때로는 아프더라도 말이다.

달콤, 쌉싸름.

그것이 사랑의 맛이라면 나는 기꺼이 달게 받겠다.

\# 축구

\# 추억

우리가 처음 만났을 때

입맛은 물론이고 일어나고 잠드는 시간조차 달랐어요.

그렇게 너무도 다른 두 사람이 만났는데

사랑이라는 걸 하다 보니까 우리가 한사람 같아지더라고요.

입맛이나 말투도 비슷해지고 생활 패턴도 닮아 가고.

사랑하면 그렇게 서로를 닮아 가나 봐요.

그렇게 된 특별한 계기요?

아마도 축구인 것 같아요.

맞아요. 그 사람 축구를 참 좋아했어요.

하는 것도, 보는 것도. 축구라면 그냥 다 좋아했어요.

사랑하는 사람이 좋다니까 어느 순간 나도 축구가 좋아져 버렸어요.

축구 이야기를 할 때 반짝이는 그 사람 모습이 좋았거든요.

구경하는 나에게 달려와서 지루하지 않느냐고 물어 주는

그의 배려가 고마웠고

골을 넣고 웃으며 손 흔드는 천진한 표정이 좋았어요.

지루하지 않았느냐고요?

왜 아니겠어요.

오프사이드가 뭔지, 페널티 킥이 뭔지

저기서 갑자기 경고는 왜 주는 건지.

그런 걸 처음부터 알 리가 없잖아요.

그런데 그 지루하던 축구도 그 사람의 환호와 탄식과 함께라면 마냥 즐거웠어요.

그 순간만큼은 그를 아무 걱정 없게 해 주는 축구가 고맙고
좋았어요.

요즘도 축구 경기가 있으면 종일 틀어 놓고는 해요.
그러면 잠시나마 우리가 같이 있는 것 같거든요.
푸른 잔디, 호루라기 소리, 환호하는 관중들.

참, 아파요.
추억이라는 거.
이렇게 일상이 되어 버리니 말이죠.
그래도 후회하지는 않아요.
사랑이란 천천히 누군가를 닮아 가는 일로 나를 채우는 것임을
그 사람 덕분에 알았으니까.

제게 사랑은 그래요.
서로를 바라보다가 하나가 되는 것.
그게 전부예요.

오래된 연인

신경

무심코 텔레비전을 켜니 이런저런 이야기가 들려왔다.

"10년을 만난 연인이 있는데, 새로운 인연이 다가와요. 어쩌죠?"

누군가는 말했다.

"그래, 10년이면 오래 만났지. 나 같아도 고민되겠다."

다른 누군가는 말했다.

"새로운 사랑을 시작하고 싶어서가 아니라 지금의 사랑을 정리하고 싶은 것이 아닐까요?"

그러자 다른 누군가가 말했다.

"아쉽네요. 공감대가 있는 사람이 10년 동안 곁에 있다는 것은 그 문장 이상으로 주는 울림이 있는 건데. 오래된 연인들이 흔히 하는 실수가 상대에게 떨리지 않거나, 설레는 마음이 없어지면 사랑이 식거나 끝났다고 생각하는 거예요. 물론, 오랜 시간동안 한 사람에게만 설렐 수는 없죠. 새로운 사람을 만나고도 싶고, 새로운 떨림을 찾아가고 싶은 게 당연할 수도 있어요. 하지만 지금 사랑에서 다른 사랑으로 건너간다 해도 시간이 지나면 설레지 않는 날이 올 거예요. 새로운 사랑의 욕심에 이별을 택하더라도 훗날 지금과 같은 상황에 직면하겠죠."

10년 동안 서로의 곁에 남아 공감하고 취향을 나누며
서로를 신경 쓰는 일은 단순히 '그 정도면 오래 만났다',
'질릴 만도 하다', '이제 연애의 끝자락이 오는 것이다'라고
쉽게 평가할 수 있는 시간이 아니다.
돌아보면 새로운 것은 아주 잠시였다.
즐겨 듣는 음악, 좋아하는 옷, 싫어하는 음식, 자고 일어나는 패턴까지, 세상 사람들은 너무도 다르다.

사랑한다는 말이 힘을 잃은 것 같다면 그 말을 다른 말로 대신해 보자

늘 사랑하고 있으니까

연인들은 그렇다.

종일 같이 있기라도 하는 날에는 두 번

아니, 많게는 세 번까지 메뉴를 골라야 한다.

상대방이 신경 쓰는 버릇이나 거슬리는 말투도

수십 번은 조심해야 한다.

작은 차이가 잦은 다툼을 만든다는 것을 안다면 말이다.

같은 사람 하나 없는 곳에서 긴 시간 동안 공감대를 가지고

살았다는 것은 참으로 대단한 일이다.

서로를 신경 쓰는 노력이 없었다면 불가능했을 시간이다.

사랑이라는 말이 진부해진 오래된 연인에게

신경 쓴다는 말은 참으로 잘 어울린다.

투박하지만 설레고 떨리는 말이다.

오래 기대고 있어서 서로에게 물든 연인에게

사랑한다는 말이 습관처럼 들려 아쉬웠던 연인에게

이 말을 알려 주고 싶다.

'나 당신을 신경 쓰고 있어요.'

'우리 언제나 신경 쓰는 사이예요.'

아직도 당신을 알고 싶다는 말.

여전히 당신이 신경 쓰인다는 말.

사랑한다는 말이 힘을 잃은 것 같다면

그 말을 다른 말로 대신해 보자.

늘 사랑하고 있으니까.

tag

\# 연필

\# 흑심

서랍을 정리하다 반가운 물건을 발견했다.

손때가 타서 그림이 지워지고 짧아진 연필 한 자루.

그것은 다름 아닌 너였다.

그 순간을 더듬어 가면 끝엔 네가 있었다.

내 첫 짝꿍이자 연필을 좋아했던 너.

필기도구를 빌릴 때면 꼭 짧아진 몽당연필을 건네던 너.

그 순간 짝꿍이던 네가 내 옆에 와 있다

책상에 앉아 무언가를 골똘히 생각하다가

갑자기 혼자 싱긋 웃어, 보는 사람까지 기분 좋게 하던 아이.

말수는 많지 않았지만 질문을 하면

또박또박 잘 대답해 주던 아이.

어릴 적 내가 보았던 너는 자꾸만 쳐다보고 싶은

궁금한 아이였다.

너를 몰래 쳐다보는 날이 늘어 가던 어느 날이었다.

옆 분단에 앉은 눈치 빠른 친구가

내 귀에 대고 '너 쟤 좋아하지?'하고 묻는데

대답도 하기 전에 양 볼이 마음대로 뜨거워졌다.

그래서 결심했다.

짝꿍이 바뀌기 전에 이 마음을 전해야겠다고.

집으로 돌아가는 길, 문구점에 들러

너와 똑같은 연필 한 자루와 편지지를 샀다.

편지를 쓰면 쓸수록 연필심은 짧아졌지만

나의 마음은 더욱 확실해졌다.

솔직한 고백을 적지는 못했지만

짧아진 연필로 수줍게 적어 보았다.

'나도 연필을 좋아해. 왜냐하면 네가 좋아해서 좋아해.'

사랑이 무엇인지도 모른 채 빠졌던 나의 첫 사랑.

지금도 서랍 속에는 그때 네가 골라 준 한 자루의 연필이 있다.

언제 연필로 글씨를 써 보았는지 기억도 나지 않을 만큼

바쁜 어른이 되었는데도

그 연필을 손에 쥐면

시간은 그때로 돌아간다.

그 순간 짝꿍이던 네가 내 옆에 와 있다.

짧아지고 색도 바랜 그 연필 속에는

그때 그 흑심이 아직도 그대로 남아 있다.

\# 상상

\# 청혼

어느 날 이런 상상을 해 봤어.

우리가 늘 함께하는 상상. 그래서 매일이 즐거운 상상 말이야.

하늘이 예쁜 날, 창문을 열고 빨래를 개다 보면

우리 옷이 자연스럽게 섞여 있고

너를 안으면 나에게 나는 익숙한 냄새가 났으면 좋겠어.

크고 편한 너의 옷을 걸치고 아무렇게나 머리를 묶고

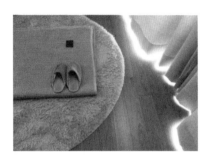

종일 소파에서 함께 낮잠을 자고 싶어.
잠에서 깨 양치하고 있는 너의 곁에 다가가
뒤에서 힘껏 끌어안을래.

다음 날은 아침 일찍 일어나 너에게 잘 어울리는 옷과 신발을
골라 주고 현관문 앞에서 손을 흔들며 배웅해 줄 거야.
시계 약이 떨어지거나 형광등이 나가면
혼자서 해 왔던 일이지만, 너에게 부탁해 보고 싶어.
잠들기 전, 불 끄고 오기를 건 가위바위보를 하고
잠이 오지 않는 날에는 끝말잇기를 하거나
좋아하는 음악을 들으며 잠을 청할래.

자꾸 양말을 뒤집어 벗어 놓는 너에게 잔소리를 하고
입술을 물어뜯는 버릇 때문에 너에게 잔소리를 들으며
티격태격하는 모습을 상상해.
화장실에 들어가는 너의 뒷모습을 보고 몰래 따라가
불을 끄는 유치한 장난도 한번쯤은 괜찮겠지.
잠들어 버린 나를 위해 기꺼이 불을 꺼 주고

밤새 차 낸 이불을 소리 없이 덮어 주는 사람이 너였으면.

모두들 너의 안부를 나에게 묻고

그 질문에 나는 웃으며 우리의 일상을 자랑하듯 말할래.

그렇게 우리의 일상이 바람처럼 흘러갔으면……

그랬으면 참 좋겠다.

\# 창문

\# 작별 인사

여기,

내가 바라보는 하늘엔

당신이 와 있군요.

거기,

당신이 바라보는 하늘에는

내가 가 있을게요.

안은미, 〈낮달〉

네가 없는 공간도

내가 혼자인 것도

조금은 익숙해졌을 때

나는 먼저 우리가 자주 가던 카페로 향했다.

좋아하던 창가 쪽에 자리 잡고 앉아

매일 마시던 커피를 주문하고

창밖으로 지나가는 사람들을 본다.

마주 잡은 손에 꽃잎 같은 웃음

수줍은 손길과 설렘들.

사랑하는 연인들의 모습이 창틀에 사진처럼 담길 때면

다 잊은 줄만 알았던 너와의 추억이 눈송이처럼 쌓였다.

내 방 한구석에는 아직도 버리지 못한 상자 하나가 있다.

그것을 열면 안 되는 것도, 여는 순간 무너질 것도 알지만

끝내 열어 편지를 찾았다.

너와 싸웠을 때마다 보았던 편지

그 탓에 여기저기 해진 봉투.

순간 반가우면서도 쉽게 열어지지 않더라.

그렇게 우리의 추억을 쓰게 삼켜 버린 날에는
가만히 앉아 창문에 비친 문만 바라봤다.
그 문이 열리고
오래 기다렸느냐고
배고프지는 않았느냐고
묻는 네가 올 것만 같아서.
긴긴 밤이 고요히 지나가면
나는 쓰러지듯 잠을 청했다.

창밖으로 우연히 네가 시작하는 새로운 사랑을 보았다.
네 옆에 있는 그 사람,
너와 참 잘 어울리더라.
지금의 너는 우습게도 나를 다 잊었겠지만
나도 한때는 너에게 잘 어울리는 사람이고 싶었다.
그렇게라도 해서 곁에 오래 있고 싶었다.

너를 사랑했다는 말은 이제 그만해야지.
보고 싶다는 말도 그만 삼켜야지.

창문에 비친 풍경에 천천히 너를 세워 본다

창문에 비친 풍경에 천천히 너를 세워 본다.

그렇게 너를 보내야지.

저 창밖으로 웃으며 인사해야지.

tag

\# 입맛

\# 고집

내 앞에 숟가락과 젓가락 대신

포크와 나이프가 놓일 때면

나는 한입 가득 너에 대한 후회를 곱씹었다.

너와 내가 처음 만났을 때 우리는 신기할 만큼 비슷했다.

강아지보다는 고양이를 좋아하는 취향에

손톱은 아슬아슬 바짝 깎아야 속이 시원한 성격,

무엇보다 사람이 많은 곳은 꺼렸다.

오랜 시간 고수해 온 입맛처럼
나는 너에게 계속해서 고집스러운 사람이었다

닮아 있는 서로를 알아 가는 시간이 얼마나 재미있던지
새벽의 고단함도 잊은 채 아침을 맞이하기도 했다.
그러던 우리에게도 뜻밖의 차이가 있었다.
오랜 시간 고집해 오던 입맛이었다.
나는 된장찌개에 들어 있는 두부를 좋아했고
너는 크림 파스타에 찍어 먹는 바게트를 좋아했다.
밥을 먹고 나서도 나는 캔 커피 한 모금
너는 프라푸치노를 찾았다.
그럼에도 우리는 많은 것이 비슷했고
순식간에 사랑에 빠졌다.

평소와 같던 날,
너는 여태껏 참아 왔던 울음을 터뜨리며 그만하자고 했다.
오랜 시간 고수해 온 입맛처럼
나는 너에게 계속해서 고집스러운 사람이었다.
그 사실을 나만 몰랐다.
시간이 지나면서 소중함은 당연함으로 바뀌었고
네가 자리를 비우면 그 순간이 자유로 다가왔다.

시도 때도 없이 하고 싶던 연락은 의무가 되었고
사랑스럽기만 하던 잔소리는 언제부터인가
듣기 싫은 핀잔이 되었다.
어디서부터 잘못된 것일까.
어디서 티가 났던 것일까.
그때 깨달았다.
네가 좋아하는 음식을 나에게 건네줄 때면 나는 늘 받지 않았다.
너라서, 네가 주는 것이라서 받아 줄 수도 있었던 그 한 입을
나는 끝내 받아 주지 않았던 거다.

내가 조금 더 다정했더라면
너는 무안하게 손을 거두지 않아도 됐을 텐데.
나와 비슷한 너를 만나서 알아 가고, 사랑했다는 생각을
곱씹으며 네가 좋아하던 음식을 먹어 보는 내가 한심하다.
그 손을 다시 볼 수 없다는 것이 아프고, 시리고, 쓰다.
이 자리에서 네가 건네주었을 따뜻함을 혼자 삼키는 일이
내가 할 수 있는 전부여서 너무나 쓰다.

tag

피아노

_____

꿈

내게는 언니가 있다.

내가 태어났을 때부터 아팠던 우리 언니.

나는 아픈 언니가 어떨 때는 조금 미웠다.

어린 시절, 우리 언니도 다른 언니들처럼 우리 반에 찾아와 나를 괴롭히는 친구를 혼내 주고, 내 편도 들어주었으면 했는데, 그러지 못한 언니가 야속하게 느껴진 적도 있다.

나는 어려서부터 하고 싶은 거라면 뭐든지 다 해 봐야 하는 성격이었다. 작은 동네에 살면서 학원이란 학원은 다 다녀 보았는데, 그중에서도 피아노 학원을 제일 좋아했다. 나는 계속 피아노를 치고 싶었다.

어느 날은 학원에서 돌아와 마침 가져온 연주곡 책이 있어서 그중 한 곡을 언니에게 들려주었다. 피아노를 한번도 배운 적이 없는 언니에게 어려운 곡이었지만, 언니는 곧잘 따라 했다. 내가 학교에 가 있는 동안에도 언니는 그 곡을 수도 없이 연습했다. 그렇게 며칠을 반복하던 언니는 어느 날 나에게 연주를 들려주었다. 연주는 놀라웠다. 아픈 언니는 엄마, 아빠에게 처음으로 하고 싶은 것이 생겼다고 말했다. 언니는 피아노를 치고 싶어 했다.

당시 나는 언니에게 피아노가 처음이자 마지막 기회일지도 모른다는 생각이 들었다. 그래서 그 길로 피아노 학원을 그만두었다. 내게도 피아노는 소중했지만 어쩐지 여기서 그만두어야 할 것 같았다. 나의 꿈을 아픈 언니에게 양보해야겠다고 생각하면서 조금은 우쭐했던 나였다.

시간이 한참 흘러 대학 입시를 준비하던 무렵, 언니와 둘이서 밥을 먹는데 언니가 나에게 하고 싶은 것에 대해 물었다. 나는 '아나운서'라고 대답했다. 그러자 언니가 다시 물었다.

"그거 아니면 안 돼?"

나는 그 말의 의미를 제대로 파악할 수 없었다. 의아한 표정을 짓는 나에게 언니는 말을 이어 갔다.

"아나운서 말이야, 그거 아니면 안 되느냐고."

나는 마음속으로 답했다.

'딱히 아니어도 돼.'

언니는 말했다.

"언니는 피아노가 아니면 안 돼."

그때까지도 나는 언니가 무슨 이야기를 하고 싶은지 알지 못했다.

"꿈 말이야 꿈. 언니는 피아노가 꿈이야. 꿈이 없던 예전으로 돌아가도 나는 다시 피아노를 선택할 거야."

그 말을 듣는 순간, 나는 차마 앞에 놓인 밥을 다 먹을 수가 없어 다급히 자리를 떴다. 지금껏 언니를 돌보고, 많은 것을 양보하며 지냈다고 생각했는데 나는 그저 배워야 할 것이 아직도

어떤 선택지가 앞에 놓이더라도 끝내 선택하게 되는 것

차마 놓지 못하는 것이 꿈이라고

한참 많은 동생에 불과했다.

언니는 말했다. 꿈은 그것 아니면 안 되는 거라고. 어떤 선택지가 앞에 놓이더라도 끝내 선택하게 되는 것, 차마 놓지 못하는 것이 꿈이라고. 그래서 사람들이 꿈을 좇는 것이라고 했다. 언니에게는 피아노가 그랬다. 다른 것을 하지 못해서가 아니라 어떤 것과 비교해도 좋았기 때문에 언니는 늦더라도 피아노를 선택했다.

나는 단 한순간도 언니에게 꿈을 양보한 적이 없었다. 피아노는 내 꿈이 아니었다. 꿈이 없어 뒤처진 사람처럼 보이기 싫어 그럴듯한 것으로 채우고 있었을 뿐이다.

어른들은 그냥 꿈을 가지라고만 했을 뿐, 진실 되게, 끈질기게, 그래서 끝끝내 찾아내는 것이 꿈이라고는 알려 주지 않았다. 그런데 그 따뜻한 사실을 아픈 언니가 알려 준 것이다. 내가 조금은 미워했던 나의 하나뿐인 언니.

나는 그렇게 언니를 통해 꿈을 알았다. 내가 도와주어야 한다고 생각했던 사람에게 가장 따뜻한 위로를 받은 것이다.

나에게 묻는다. 그것 아니면 안 되는 것, 그렇게 멋진 것이 무엇일까. 그것이 언제, 어디서 나를 찾아올까 하고 말이다.

나는 아직 꿈이 없는 청춘이지만 그렇다고 하찮거나 뒤처져 있지는 않다. 그저 꿈을 찾는 동생일 뿐이다. 분명 예고하지 않은 곳에서 당신도 질문을 받을 수 있다. 그리고 생각지 못한 곳에서 따뜻한 위로도 받게 될 것이다. 바로 지금처럼.

\# 서정

\# 노트

서정은 허기가 진다고 했다.

그것은 배가 고픈 것과는 달랐다.

입맛이 없어도 허기가 가득해서

자꾸 무언가를 채워 넣어야만 했다.

그렇게 배가 불러야만 생각의 꼬리가 잘려 나갔다.

서정은 외로웠고 그때마다 노트에 생각나는 것들을 끄적였다.

서정은 사랑을 시작했다.

사랑은 가시지 않던 허기를 채워 주는 듯했다.

함께 있는 즐거움을 알게 되고

자꾸만 듣고 싶은 노래가 생겼다.

가벼운 바람에도 기분이 좋았다.

하지만 봄이 있으면 겨울이, 따뜻함이 있으면 차가움이 있는 법.

또 다시 허기가 찾아왔다. 서정은 잊고 있던 노트를 찾았다.

서정은 이별했다.

가슴 반쪽이 찢겨 나가는 듯한 아픔이었다.

눈물은 끝없이 흘러나왔고

목이 다 잠기도록 소리를 지르고

이름을 불러도 사랑은 다시 돌아오지 않았다.

허기를 달래 주던 사랑이 원망스러웠다.

함께하던 즐거움은 허전함으로 변했고

자꾸만 듣고 싶던 노래는 눈물을 자아냈다.

불어오는 바람에도 칼날에 스친 듯 쓰라리고 아팠다.

서정은 방에 틀어박혀 하염없이 노트만 바라보았다.

서정은 의미를 찾으러 다녔다.

전에는 그냥 지나쳤던 일상이 하나씩 눈에 밟히기 시작했다.

멈춰 서서 그 순간을 담아 두고 싶었다.

외롭지도 허기지지도 않음을 증명하기 위해

평범한 삶을 흉내 내려 했다.

그렇게 찾은 의미는 억지였다.

노트는 한 장도 채워지지 않았다.

서정은 사랑했었다.

누군가를 사랑해서 사랑을 노래했고

사랑받고 또 그 사랑을 받아 적었다.

그것이 서정이었다.

채워지지 않던 허기도

도려내듯 아팠던 이별도

의미 찾기도

사랑이 있었기에 할 수 있었다.

사랑은 감수해야 할 것이 너무나도 많다.

아파야 하고, 조심해야 하고

아껴야 하고, 염려해야 하고

지나치게 빠져서도 안 된다.

그럼에도 다시는 사랑하지 않겠다고 다짐할 수는 없었다.

서정은 이미 너무나 많은 것을 알아 버렸다.

누군가에게 사랑받는 기분을 알았고

혼자 있는 외로움과 허기를 알았다.

그 사람 없이는 세상 모든 의미가 없어짐을

뼈저리게 경험했다.

그대의 마음속에 있는 서정은 안다.

우리가 사랑하고 싶다는 것을.

그리고 사랑받고 싶다는 것을.

그대,

노트를 마저 채우기에 아직 늦지 않았다.

사랑하라. 한번도 상처받지 않은 것처럼.

– 알프레드 디 수자 〈사랑하라 한번도 상처받지 않은 것처럼〉 중에서

서정 노트

초판 1쇄 인쇄 2015년 12월 8일
초판 1쇄 발행 2015년 12월 15일

글·사진 문서정

펴낸이 박세현
펴낸곳 팬덤북스

기획위원 김정대·김종선·김옥림
영업 전창열
편집 김종훈·이선희
디자인 강진영

주소 (우)03966 서울시 마포구 성산로 144 교홍빌딩 305호
전화 070-8821-4312 | **팩스** 02-6008-4318
이메일 fandombooks@naver.com
블로그 http://blog.naver.com/fandombooks

등록번호 제25100-2010-154호

ISBN 979-11-86404-34-8 03810